LE

PETIT MENDIANT.

LE

PETIT MENDIANT;

Par THOMAS BELLAMY.

Roman faisant pendant à la Fille
Mendiante.

TOME SECOND.

A PARIS,

Chez GUEFFIER, Libraire, et au Cabinet de
lecture, boulevard Cérutti, N°. 21, vis-à-vis la
rue de Choiseuil.

DE L'IMPRIMERIE DE J. GRATIOT.

An X. — 1802.

ALFRED,

OU

LE PETIT MENDIANT.

~~~~~~

CHAPITRE PREMIER.

LA VERTU SOUS LA LIVRÉE.

MALGRÉ le malheur qu'elle venait d'éprouver dans sa maison, miss Sydney n'avait pas voulu sacrifier son jour d'assemblée. La quantité de brillans équipages rangés devant son hôtel, ne laissa pas approcher la voiture plus modeste qui avait amené M. Lucas de son auberge à Grosvener Square.

Il descendit donc, et s'avançant au milieu des torrens de flammes que répandaient des flambeaux sans nombre , il arriva au Perron qui conduisait au vestibule où on ne l'aurait pas même laissé entrer, s'il n'avait été reconnu par un des gens qui avait anciennement été à l'amiral , et qui , du ton le plus respectueux , lui dit qu'il craignait que sa maîtresse ne pût pas le voir dans ce moment ; mais que cependant il était prêt à se charger de ses commissions pour elle. Dites à miss Sydney , répondit Lucas, qu'il y a quelqu'un qui lui demande un moment d'entretien pour une affaire de la dernière importance , et qui l'intéresse personnellement.

Le valet fut fortement réprimandé pour avoir tenté de troubler une soirée qui était consacrée à des personnes d'une espèce si différente : je pourrai donner demain audience à cet homme, ajouta miss Sydney avec humeur. Quant à présent, il faut convenir qu'un pauvre curé de campagne ferait un effet bien agréable dans cet appartement !

Quoique par égard pour M. Lucas, le laquais ne lui rendît pas exactement les expressions de sa maîtresse, il jugea que l'insulte avait accompagné le refus, ce qui redoubla son chagrin de n'avoir pas pu être admis.

Quoiqu'il en soit, il fut obligé de renoncer pour ce soir-là à voir miss Sydney. Le tems était mauvais et très-obscur; il avait renvoyé sa voiture, et il ne put pas en trouver d'autre. Il avait fait quelque pas quand il s'arrêta au coin d'une rue pour songer au chemin le plus court pour se rendre à son auberge, et il était sur le point de s'adresser à un passant lorsqu'il fut joint par Edouard (c'est ainsi que s'appelait le domestique dont nous avons parlé) qui venait lui demander des nouvelles de son ancien maître.

Ah ! Monsieur , dit le pauvre garçon, plût à dieu , que je ne l'eûsse pas quitté ! j'ai actuellement une condition bien singulière ; je voulais absolument voir Londres , et j'ai ce que je mérite. Je me suis repenti bien des fois de la sottise que j'ai faite en quittant une place où j'étais si bien, pour entrer dans une maison qui est le séjour de toute espèce d'infamie. Mais quoiqu'il arrive, quand je devrais être réduit à mandier mon pain , je suis déterminé à sortir de chez ma maîtresse ; car sa mauvaise conduite entraînera sa ruine , et elle aura lieu de s'en repentir , ou je ne m'appelle pas Edouard Alderson.

Dans toute autre occasion, les principes sévères de M. Lucas ne lui au--

raient pas permis de s'entretenir avec
un valet de ce qui se passait dans la
maison dans laquelle il servait ; mais
le désir de prendre des informations
relativement à la malheureuse Louisa,
fit taire toute autre considération.

M. Lucas apprit à Edouard la mort
de son ancien maître ; cette nouvelle
affligea vivement ce fidèle serviteur.
Ah ! dit-il, la dernière fois que le
pauvre amiral était chez sa sœur, il
était bien loin de s'imaginer que de
tous les domestiques qui étaient si en-
chantés de le voir à la maison, et
qui auraient couru au bout du monde
pour lui rendre service , il n'en res-
terait bientôt plus à peine la moitié.
Et c'est bien pis maintenant , c'est
bien pis ! nous ne sommes plus que
quatre ou cinq, et les deux tiers des
femmes ont été congédiées.

Que voulez-vous dire ? répondit

Lucas, de l'endroit où vous m'avez apperçu, j'ai vu une longue file de valets
rangés dans le vestibule. Oui Monsieur, répliqua l'intelligent Edouard,
il est bien vrai qu'ils ont notre livrée,
mais, dieu me bénisse, dans ce moment
même, il n'y a pas moins de trois saisies
dans l'hôtel, et les gens que vous avez
vus ne sont autres que des étrangers
qui y sont établis comme gardiens,
car on dit qu'il reste à ma maîtresse
moins que rien. Quant à la pauvre
Louisa! dieu connaît tous les cœurs,
mais si on pouvait y voir clair, je
crois qu'il y a quelqu'un à qui on
en trouverait un bien noir.

Il est de la plus grande importance, Edouard, dit M. Lucas, que
je puisse comprendre parfaitement
ce que vous voulez dire. Je vous en
prie, expliquez-vous.

Vous savez, Monsieur, qu'on a

répandu que miss Louisa s'était en-
fuie avec le maître - d'hôtel de miss
Sydney, mais ce n'est pas là le vrai,
croyez-moi. Il est sorti de la maison ,
cela est bien certain , et le jour
même où la jeune demoiselle a disparu. On dit qu'il avait prêté à ma
maîtresse beaucoup d'argent qu'un de
ses parens lui avait laissé. Quand il a
vu comment les choses tournaient ,
il a songé à prendre ses mesures ;
mais il était trop tard ; il a vu qu'il
était dupé , il n'en a pas gardé le secret , et l'a dit même hautement. Je
lui ai entendu tenir les propos les
plus extraordinaires sur le compte de
ma maîtresse. Si bien donc , Monsieur, que nous avons perdu , il n'y
a pas long - tems , comme je vous le
disais tout à l'heure , la fille unique
de mon digne maître , et je ne puis
songer à ce jour-là , sans que le cœur

me fende ; mais peu de tems avant
cette triste aventure , le maître-d'hôtel était devenu , comme si on lui
avait fermé la bouche , et ne disait
plus un mot de son argent dont il
nous rabâchait toujours auparavant ;
et ce qui nous étonnait encore davantage , c'est qu'il restait des heures en-
tières enfermé avec Madame. Oh !
Monsieur , aussi sûr que nous voilà ,
il y a quelque diablerie là-dessous !

M. Lucas remercia Edouard des
renseignemens qu'il lui avait donnés ,
et comme il n'était pas loin de son
auberge , il lui conseilla de s'en retourner , de peur qu'on ne s'apperçût
de son absence. Cela m'est égal , dit
Edouard avec chaleur ; pensez-vous ,
M. Lucas , que je vous laisserai chercher votre chemin tout seul ? Non ,
non , vous étiez aimé et estimé de
feu mon pauvre maître , et je connais

trop bien mes devoirs pour oublier le respect que je dois à son ami.

M. Lucas eut beau faire, Edouard l'accompagna jusque chez lui, et l'assura en le quittant, que son premier soin serait de prendre toutes les informations possibles et de l'instruire du résultat de ses recherches. Dieu veuille, s'écria-t-il, que tout cela puisse encore tourner bien ! M. Lucas unit ses vœux à ceux d'Edouard, et rentra dans son appartement. A peine avait-il eu le tems d'écrire à Auburn pour tranquilliser ses amis sur son compte, qu'Edouard revint et demanda à lui parler.

Il s'écria en entrant : Ah! Monsieur, tout se découvrira ; comptez sur ce que j'ai l'honnenr de vous dire. Je ne faisais que de rentrer, lorsque mistriss Philps est arrivée dans l'antichambre ; c'est la sœur du maître-

d'hôtel en question , et la plus honnête créature qu'il y ait sous la ca-
lotte des cieux ; mais la bonne chère
dame , sur ma parole , je n'ai jamais
vu être dans une telle rage qu'elle
était. — Où est votre maîtresse ? je
veux lui parler tout de suite. — Je
lui ai répondu que Madame venait
de refuser de vous voir , et que j'avais
encore été grondé par-dessus le marché. Ah ! ne voilà-t-il pas , dit - elle ,
de jolies manières, ma foi ! mais nous
viendrons à bout de savoir tout ! et
mon imbécile de frère, qui va ,comme
un nigaud , se laisser attrapper pour
cent guinées , quand six -cents ne le
dédommageraient pas. Un joli rôle
pour de belles dames d'aller emprun-
ter de l'argent à un pauvre domestique , et de lui ôter encore son honneur pour couvrir le leur ! une histoire bien vraisemblable aussi !... Il

a décampé avec miss Louisa ! mais ,
le diable m'emporte , il n'en sera pas
le dindon , tant que je serai sa sœur.
Il a toujours été un honnête homme ,
et il le sera toujours , où il peut dire
un adieu éternel à Jane Philps , et de
cela je lui en donne ma parole !

Nous sommes tous restés étonnés
de l'entendre bavarder de la sorte ,
elle avait l'air d'une folle ; et quand
vous me donneriez la couronne d'Angleterre , il me serait impossible de
répéter tout ce qui lui est sorti de la
bouche. Enfin elle me dit: Edouard ,
contez au bon M. Lucas , comment
mon frère a été gagné , et avec son
propre argent encore , pour disparaître sur-le-champ , sans dire mot
à personne , et se tenir caché , sans
s'embarrasser de ce qu'on pourrait
dire. Mais il ne bougera pas , j'en
réponds ; et je jure sur mon honneur,

que je verrai miss Sydney, et que
je lui donnerai son paquet ; et qui
m'en empêcherait? Je la priai de
considérer que les gens qui étaient
là l'écoutaient et saisissaient tout ce
qui lui échappait. Ah! parbleu,
qu'ils saisissent ! ils peuvent bien
saisir, c'est leur métier. Ne sais-je
pas ce qu'ils sont? ne sont-ce pas
des recors à qui on a fait endosser
des habits de livrée? C'est honteux,
je dis.

Je tentai inutilement , continua
Edouard, de percer jusqu'à miss
Sydney ; et jugeant que mistriss
Philps ne pouvait point parvenir à
lui parler, je lui ai conseillé de retourner chez elle, ce qu'elle a fait ;
mais elle n'est partie qu'après avoir
crié à tue-tête : je ferai un exemple
de la maîtresse de cette caverne de
voleurs ; — son règne ne sera pas

long ; elle n'a pas le sou ; mais ce n'est pas en l'aidant dans ses mauvais desseins , que mon frère doit recouvrer ce qui lui est dû ; il lui a prêté tout ce qu'il avait , comme un sot qu'il est ; mais il ne faut pas qu'il se fasse rembourser par des moyens mal-honnêtes , et aux dépens des autres créanciers ; et il y en a une belle bande , à ma connaissance ! Eh ! bien , Edouard , vous m'avez entendue ; ce n'est que la vérité. Quant à ces prétendus laquais , je suis fort aise qu'ils m'aient entendue aussi ; et n'est-ce pas pour être entendue que je suis venue ici ? Mais je reviendrai , allez , et elle ne sera pas sitôt quitte de moi ; je la poursuivrai comme un diable incarné. La vengeance est douce , et j'en aurai ma bonne part : reposez-vous-en sur moi. Elle est sortie en disant ces mots, et je suis venue sur le champ ici.

M. Lucas eut de la peine à déterminer l'honnête Edouard à accepter une guinée qu'il lui mit dans la main. Ce don si bien mérité fut accompagné de l'assurance que, d'après son désir de quitter sa place pour une plus conforme aux principes qui lui faisaient tant d'honneur, il le recommanderait à M. Neville qui était sur le point d'épouser miss Lucas ; et il ajouta que son gendre futur se ferait sûrement un plaisir de le prendre à son service.

M. Lucas recommanda expressément à Edouard, de faire en sorte que rien ne s'ébruitât , et surtout que ce qu'avait dit mistriss Philps ne vînt point aux oreilles de miss Sydney. Quelque soit sa conduite , ajouta-t-il , elle n'en est pas moins la sœur de mon ami. Je compte la voir demain ; j'espère pouvoir encore sauver sa nièce, et l'empêcher elle-même de voir sa réputation souillée de nouvelles taches. Jusqu'alors je dois suspendre mon jugement sur une conduite qui (j'ai trop lieu de le craindre) ne peut guère être justifiée.

Edouard quitta M. Lucas les larmes aux yeux. Celui-ci, retiré dans sa chambre, réflechit profondément à la tâche qu'il avait entreprise et se coucha après avoir passé une heure en méditation et en prières.

Miss Sydney, qui avait passé la nuit, suivant son usage, dans la dissipation et les plaisirs bruyans, ne se doutait point de la scène désagréable qui s'était passée dans son antichambre. Si elle en avait eu connaissance ; si elle avait entendu la harangue de mistriss Philps, selon toute apparence, le perroquet n'aurait pas eu sa leçon , et il est également probable que M. Lucas aurait eu une réception moins mal-honnête que celle qu'il avait éprouvée.

Mais avec quelque mépris que miss Sydney eût affecté de traiter le respectable ecclésiastique , le peu de mots qu'il lui avait fait dire l'avait fortement inquiétée et alarmée.

Si son esprit était déjà si agité après le départ de M. Lucas , jusqu'à quel point s'accrûrent ses craintes et sa confusion, quand, en la déshabillant, au lieu de faire , suivant sa coutume, son compliment à sa maîtresse sur son bon visage , son honnête et attentive soubrette la régala du récit exact et fidèle des dernières paroles , des procédés et de la conduite de la terrible et formidable mistriss Jane Philps.

Mistriss Debora Smoothens tenait ces

ces détails d'un des prétendus laquais
avec lequel on disait que la confidente
de miss Sydney n'était pas mal. Cette
nouvelle alarma au dernier point sa
maîtresse qui, ne voulant pas la rendre témoin de son trouble, la ren-
voya. Elle n'avait versé que des larmes feintes sur la perte de son frère ;
mais celles qu'elle versait alors,
étaient sincères. C'était sa propre
position qui les occasionnait. L'égoïsme était le principal trait de son caractère, et *miss Sydney* était tout ce
qu'elle aimait au monde.

Quelle différence entre ces sentimens et ceux de M. Lucas! Avec un
cœur comme le sien pouvait-il
n'être pas profondément affligé de la
malheureuse destinée d'une jeune
personne égarée, dont la faute avait
causé la mort de cet homme incom-
parable, à l'amitié duquel il devait

Tome II. B

tous les agrémens dont il jouissait ?
pouvait-il ne pas s'occuper du bonheur de la fille de son bienfaiteur, et
des moyens de la tirer de l'abîme où
elle s'était plongée ? Non , son esprit philantrope se révoltait à l'idée
qu'il pût paisiblement se livrer à la
jouissance des biens qu'il tenait de la
générosité de son père , tandis que
calomniée , abandonnée , et cachée
mystérieusement à tous les yeux, elle
était probablement exposée au danger et à la persécution , et accablée
de chagrin et de douleur.

Agité par la crainte et par l'espé-
rance , il tourna enfin ses pensées
vers Lebrun ; l'honnête, le généreux
Lebrun, resterait-il inactif dans cette
occasion ? souffrirait - il que le tems
multipliât encore ces maux qui acca-
blaient une personne qu'il était autant du devoir de ce galant homme

que du sien de protéger , devoir
que Sydney leur rappelait du fonds
de sa tombe? ils étaient pères comme
lui , mais combien leur sort était dif-
férent de celui de leur ami.

CHAPITRE II.

Scène dans une grande place d'une grande ville.

Quoique sa conscience fût pure et exempte de reproches , M. Lucas ne put pas goûter un moment les douceurs du repos, et passa toute la nuit dans l'inquiétude et l'affliction.

Enfin le jour parut , et il ne tarda pas à aller de nouveau se présenter à la porte de miss Sydney ; mais ce qu'il y apprit ne fit qu'augmenter ses incertitudes et redoubler ses allarmes.

Miss Sydney était sortie de bonne heure dans un carosse de louage ; en montant en voiture , elle avait baissé le store , et n'avait parlé au

cocher qu'à voix basse , et quand il
avait été sur son siège.

La seule personne de la maison
qui fût levée à cette heure-là était une
servante. Cette fille avait été fort
étonnée d'un événement aussi extraordinaire , mais elle n'avait pas osé
faire de questions à sa maîtresse.

La curiosité , si naturelle aux femmes, depuis la duchesse jusquà la fille
de basse cour , tint Jenny sur les
épines , en attendant qu'elle pût faire
part à mistriss Smoothem de ce
qu'elle avait vu ; elle regreta en
même tems de ne pouvoir pas dire
ce qu'elle avait entendu , mais malheureusement sa maîtresse avait
parlé si bas , que rien n'était par-
venu à ses oreilles.

A onze heures , suivant son ordinaire , mistriss Smoothem se leva,
et son premier soin fut de procé-

der à son déjeûner. Ce modèle des soubrettes de bon ton aimait infiniment le thé *Bohea* ; mais quoiqu'elle le prît extrêmement fort , elle croyait que son estomac était trop faible pour le supporter, et ne manquait jamais de le renforcer avec une goutte de rhum.

Elle se délectait en buvant sa quatrième tasse , quand elle entendit frapper doucement à sa porte ; elle dit qu'on ouvrît ; Jenny parut dans la chambre.

Mistriss Smoothem ne fut pas moins affligée que la servante , de voir qu'elle ne pouvait pas savoir ce qui avait été dit au cocher ; elle remercia Jenny de son attention, et avant de la congédier, elle lui présenta un verre plein de la liqueur délicieuse dont nous avons parlé, et que Jenny qui préférait de la boire sans mélange , avala en faisant mille et mille remercîmens. Quand mistriss Smoothem se fut restaurée par le même moyen, elle se transporta dans le cabinet de toilette de sa maîtresse.

La première chose qui la frappa en entrant , fut de voir que les pièces les plus précieuses de la toilette avaient disparues.

Elle maudissait son étoile , et se répandait en exclamations qui lui étaient ordinaires dans les momens de surprise et de peine, lorsque M. Brillant entra.

La vue de la toilette dépouillée de ses ornemens lui donna également ment matière à réflexion.

Quel parti prendre? M. Brillant depuis quelques années avait l'honneur d'être le jouaillier de miss Sydney ; il avait celui d'être son

créancier depuis la même époque ;
et il aurait bien voulu , dans le moment actuel, que ces deux honneurs
eussent pu être transférés à quelque
autre.

La somme que M. Brillant ré-
clamait était très-considérable ; et
il était venu ce jour-là à Grosvenor-
Square , dans l'intention d'en di-
minuer le montant , en reprenant
une partie des articles les plus chers
qu'il avait fournis.

M. Brillant prononça entre ses
dents une ou deux phrases que mistriss Smoothem ne put pas mieux
entendre que la pauvre Jenny n'a-
vait entendu miss Sydney ; il éleva
cependant peu à peu la voix, et
certaines expressions , accompagnées de regards perçans et significa-
tifs , parurent indiquer qu'il avait
quelques

quelques soupçons sur l'intégrité de la bonne dame.

Dans cette occasion, ces regards, ces soupçons étaient certainement très-déplacés ; en effet, quoique mistriss Smoothem fût très-experte dans l'art de se procurer tout ce qu'elle pouvait par la flatterie, les caresses et d'autres moyens aussi honnêtes, elle était à tout autre égard, aussi intacte que l'enfant qui vient de naître. Fière de son innocence, elle prit le haut ton, et M. Brillant fut obligé d'avouer qu'il avait eu tort, et que s'il avait des soupçons, il n'aurait pas dû les exprimer.

Quoiqu'il fût dû beaucoup aux différens fournisseurs, la réunion de ces sommes était encore infiniment au-dessous de ce qui était dû à M. Brillant seul ; et c'était l'impossibi-

lité de l'acquitter, qui avait déterminé miss Sydney à disparaître.

Par cette démarche, cette femme
dépravée et sans principes, acheva
de déshonorer un nom qui avait
long-tems tenu le premier rang
parmi ceux de ces monstres dont les
infernales orgies couvrent d'infamie et d'opprobre, ce qu'on appelle
le grand monde.

Brillant fut sur le champ au se-
crétaire ; la serrure avait été forcée ;
et les bijoux qui, d'après la promesse
de miss Sydney. devaient lui être
représentés ce jour-là , avaient été
enlevés. Il n'y avait plus de doute
que les créanciers étaient volés , et
que l'auteur du vol avait pris la fuite.

Aucunes mesures ne furent né-
gligées pour empêcher la sortie du
royaume , à une personne dont le
crime appelait la vengeance des lois.

Depuis bien des années, miss
Sydney s'était si souvent montrée en
public, que son signalement n'é-
tait pas difficile à faire ; les officiers de justice remplirent exactement leur devoir ; mais celle qu'ils
poursuivaient avait formé son plan
avec tant d'art, et l'avait exécuté
avec tant de précautions, qu'elle
déjoua tous leurs efforts, et rendit
leurs recherches inutiles.

M. Lucas avait appris d'Edouard
toutes les circonstances de la fuite de
sa maîtresse. Il entendit avec peine
ce récit, dont il ne put tirer que les
plus fâcheuses conséquences sur le
sort de la pauvre Louisa.

Il ne songea à retourner chez lui
qu'après avoir vu vendre le mobilier
de miss Sydney, et avoir lu l'écriteau mis sur cette maison qui avait
été si long-tems le séjour du vice, et

où des monceaux d'or étaient devenus la proie de la fraude et de l'ar-
tifice. N'ayant plus rien qui l'inté-
ressât dans la capitale, il partit désolé de n'avoir pu remplir le projet
que lui avaient dicté la reconnaissance et l'humanité.

Cette superbe demeure où naguè-
res des lustres sans nombre , sus-
pendus dans des appartemens spa-
cieux, jetaient le plus brillant éclat et
attiraient les regards étonnés du passant qu'ils éclairaient au loin, n'est
plus qu'un lieu sombre et abandonné.

Sous ce vaste portique sur les de-
grès duquel on voyait une foule
de valets magnifiquement vêtus, et
aussi pervers que leurs maîtres ,
une malheureuse victime de la de-
bauche et de la misère , enveloppée
de haillons sâles et dégoûtans, vient
chercher un sommeil qui fuit ses

paupières. Sans doute il fut un tems
où, dans le sein de sa famille, elle
goûtait les douceurs que procurent
la santé et l'innocence, et, sans une
beauté funeste, elle n'aurait jamais
connu le malheur.

Quelle leçon imposante que l'aspect lugubre de cette maison actuellement déserte, qui, si récemment encore, était le théâtre de la mode, de la folie et de la dissipation, et où se succédaient sans interruption des jouissances trompeuses qui auraient dû couvrir de honte ceux qui s'y livraient !

Nonchalemment étendu dans son char doré, l'homme qui, jusqu'au dernier moment, a fréquenté cette maison d'où le plaisir est présentement banni, jette en passant un coup-d'œil sur cet emplacement obscur qu'il a vu tant de fois couvert des

équipages brillans d'un mélange
d'escrocs , de dupes et d'héritiers
prodigues et imprévoyans qui venaient avec empressement engloutir
leurs espérances , et consolider leur
ruine dans ce gouffre affreux.

Cette vue ne fait sur lui aucune impression : trop léger ou
trop coupable pour réfléchir, il pour-
suit gaîment sa course rapide ; il
va chercher d'autres repaires où le
vice exerce encore son empire, mais
leur sort est également fixé , et leur
destruction , quoique différée , n'en
est pas moins certaine.

CHAPITRE III.

Un père rendu.

En arrivant chez lui , M. Lucas apprit que des lettres de Lebrun avaient déterminé le capitaine Roberts à partir sur le champ d'Image-place.

M. Lebrun avait attribué au changement de climat la maladie dont sa fille avait été attaquée subitement deux jours après le départ de son mari.

*Craignant d'augmenter le tourment du capitaine , déjà profondément affligé de la perte de son ami et son protecteur , elle avait obtenu de son père de différer de lui en faire part , de peur qu'il ne pût remplir entièrement le but de son voyage.

Lebrun , qui savait que c'était le devoir et la nécessité qui le lui avaient
fait entreprendre , et qui voyait sa
fille persuadée que son indisposition
céderait bientôt à quelques remèdes,
s'était rendu à ses instances.

Cependant les choses ne tournèrent pas comme madame Roberts
l'avait espéré. La maladie fit des
progrès allarmans , et le médecin
crut ne pas devoir plus long - tems
cacher ses craintes à M. Lebrun.

Poussé par le même motif , le
père désolé manda cette déchirante
nouvelle à son gendre qui prit à la
hâte congé de ses amis , dans un état
d'affliction qui ne peut être dépeint
que par celui qui a vu une épouse
aimable et chérie aux portes du tombeau , et tout espoir de la conserver
presque évanoui.

M. Lucas avait été époux : il était

encore père ! il avait su mauvais
gré à M. Lebrun de n'avoir pas
pris une part plus active à ce qui
regardait Louisa Sydney. Il sentit
qu'il avait été trop prompt dans son
jugement, et qu'il avait eu tort de
condamner un homme dont les vertus lui étaient connues d'après un
témoignage incontestable ; tout ce
qu'il désirait alors, était de réparer
son erreur et de serrer Lebrun dans
ses bras.

Les soins tendres et soutenus de la
meilleure des filles, empêchèrent
pendant quelque tems le pasteur d'Auburn de tomber dans cet état d'abattement, si fatal en général à ceux
dont les plus beaux jours se sont
écoulés, et qui touchent à leur
déclin.

La mémoire de leur ami commun
n'était pas moins sacrée pour la

fille que pour le père. Elle partageait
bien vivement la douleur d'une perte
aussi irréparable; ses regrets n'étaient
pas moins sincères, et son cœur sensible éprouvait les mêmes angoisses.

Elle n'avait pas été accoutumée
à déguiser ses sentimens; mais le
sourire et la sérénité qui parois-
saient sur son visage étaient affec-
tés. Pour la première fois de sa vie,
l'auteur de son existence, depuis
deux ou trois jours qu'il était revenu
de Londres, évitait sa société. Souvent il quittait brusquement son cabinet qui faisait anciennement ses
délices, et où il s'était fait une règle
invariable de passer tous les jours
quelques heures, et laissait une phrase
à moitié terminée, pour aller dans le
bois voisin se livrer à ses réflexions,
et s'abandonner, sans témoins, à
toute l'étendue de son chagrin.

Miss Lucas ne put voir sans inquiétude un changement si alarmant pour
sa tendresse, mais elle sentit qu'elle
ne devait point se laisser abattre par
l'impression qu'il faisait sur elle ;
qu'elle avait besoin de tout son courage, et qu'il fallait qu'elle trouvât
dans ses propres réflexions, les ressources nécessaires pour ne pas succomber sous le poids du chagrin,
comme son malheureux père. Son
ame forte et son esprit éclairé lui
montrèrent qu'elle avait un devoir in-
dispensable à remplir, et jamais son
père n'apperçut un nuage sur son
front, ni une larme dans ses yeux.

Tant qu'elle conserva l'espoir que
le tems rendrait à son père sa tranquillité ordinaire, elle soutint avec
assez d'énergie le fardeau qui l'accablait, et elle parvint toujours à déguiser ses sentimens en sa présence ;

mais voyant sa tristesse augmenter
de jour en jour, elle ne put résister
plus long-tems à l'excès de ses peines ; son changement et son air abattu
ne prouvaient que trop évidemment
combien son cœur était agité. Nous
avons déjà dit que miss Lucas mettait
tous les soins que lui dictait sa tendresse pour son père, à lui cacher
l'inquiétude qui la tourmentait, et
qui troublait cette paix intérieure
qui, jusqu'alors, n'avait jamais souffert d'altération.

Son ame pure avait toujours joui
du bonheur qui accompagne l'innocence, et il ne fallait pas moins que
le funeste changement qui s'était
opéré dans l'objet de son amour et de
son respect, pour altérer un repos
qu'elle devait à ses vertus.

Mais elle recouvra enfin sa tranquillité : elle en dut le retour au

hazard qui fit connaître l'état de son ame à son père, que cette découverte tira de son abattement et rendit à lui-même.

La position retirée et solitaire du jardin de la chaumière portait naturellement à la mélancolie, et les objets qui l'environnaient ne pouvaient qu'augmenter cette disposition. La matinée était belle : après un déjeûner qui se passa dans le plus profond silence, M. Lucas sortit pour aller, suivant son usage depuis son retour de Londres, se promener dans le bois jusqu'à l'heure du dîner. Sa fille prit alors un livre dans la bibliothèque, et alla s'asseoir au fond du verger.

Elle lisait avec la plus grande attention le poëme élégant et intéressant d'Ogilvie, sur la providence, quand, entendant quelqu'un venant à

elle, elle leva les yeux et vit mistriss
Goodwin.

Quoique miss Lucas menât une
vie fort rétirée, elle n'ignorait pas
qu'elle devait bien recevoir les
personnes, même dont la visite lui
était peu agréable ; mais ce n'était pas
ici le cas ; elle avait le plus sincère
attachement pour mistriss Goodwin
qui, par sa conduite, méritait plus
que jamais son amitié et son estime.
Elle ne ressemblait à ce qu'elle était
autrefois, que par sa beauté dont elle
ne tirait plus vanité, quoiqu'elle cût
encore le même éclat.

Elle s'assit auprès de son amie et
lui dit : je suis bien fâchée de vous in-
terrompre, mais je vous quitterai
dès que j'aurai obtenu une réponse
à une proposition que je suis chargée de vous faire. L'anniversaire de
la naissance d'un frère qui m'a été

rendu par un bienfait signalé de là providence , arrive dans quelques jours. L'intention de M. Goodwin , dont je lui ai la plus grande obligation , est de donner une fête à cette occassion ; il dit qu'il n'ose pas engager monsieur votre père à l'honorer de sa présence , mais il espère qu'il aura la bonté de lui accorder celle de ma chère Henriette.

Cette marque d'égard pour mon père et pour moi , de la part de M. Goodwin , me pénètre de reconnaissance , répondit miss Lucas ; je suis très-flattée de son honnêteté , mais dans la position où je me trouve , je ne puis accepter cette invitation. Votre silence me prouve que vous connaissez déjà les obstacles insurmontables qui s'y opposent. Oh ! ma chère amie , mon pauvre père réclame tous mes soins , et m'occupe exclusivement. Mes nuits se passent dans l'insomnie , et mes jours dans de continuelles allarmes. Puis-je le voir malheureux , et conserver quelques sentmens de gaité ! cela m'est impossible. Quand je suis avec lui , je tâche de paraître telle que ne je suis pas , telle que je ne puis pas être. Mais je ne sens que trop que mes forces diminuent de jour en jour ; et je crains, malgré mes efforts , de ne pas pouvoir lui cacher long-tems mes tourmens , et de nous voir bientôt l'un et l'autre , victimes d'une affliction à laquelle il n'y a point de remède. Je contemple à travers ce feuillage le bois où il va se promener tous les jours ; mais je n'ose pas le suivre ; ses chagrins sont sacrés pour moi ; je suis désolée de ne pouvoir lui en parler , mais je crois de mon devoir de les respecter.

Après

Après un moment de silence ; pendant lequel un profond soupir échappa à mistriss Goodwin, elle se tourna d'un air pensif du côté de son amie, en lui disant : Mon cœur livré aux remords me dit que de bons parens ont droit à l'affection et aux soins de leurs enfans. Hélas ! moi qui ai été la cause de tous les chagrins de celle à qui je dois l'existence, quels reproches n'ai-je pas à me faire ? Non-seulement je n'ai pas cherché à adoucir ses peines, je n'ai fait que les augmenter ; et sans ma coupable conduite, j'aurais encore une mère. —L'âme de votre mère, épuisée par tant de longues souffrances, est en paix dans le séjour d'une félicité éternelle et sans mélanges.

Le cœur sensible d'Henriette était trop plein, pour qu'elle pût s'étendre davantage sur un sujet aussi touchant. Les deux amies reprirent en silence le chemin de la chaumière. Miss Lucas se retira dans sa chambre, et M. Goodwin partit pour Image-Place.

Ce jour-là, le bon ministre n'avait pas été se promener dans le bois, comme sa fille le croyait ; il s'était assis sur un banc au détour d'une allée , et avait entendu la conversation du berceau.

Il n'y avait pas long-tems que miss Lucas était dans sa chambre quand son père lui fit dire de venir dans le salon.

En entrant elle trouva M. Lucas occupé à lire une lettre qu'il venait de recevoir ; il lui dit, sans lever les yeux : Asseyez-vous , ma chère enfant. Cette lettre est de M. Néville ; il a gagné son procès , et sa for-

tune, déjà fort honnête, est consi-
dérablement augmentée par cet événement, mais son mérite est au-
dessus de toutes les richesses, et je
n'ai pas moins de plaisir que lui
en pensant au jour où je pourrai
l'appeler mon fils.

Le bon père parlait avec une douce énergie ; son front vénérable était
serein, et sa satisfaction intérieure
brillait dans ses yeux et se peignait
sur son visage. Sa fille, étonnée de
ce changement, le contemplait d'un
air timide, et ne pouvait proférer
une parole ; enfin, elle s'écria : Je
n'étais pas préparée à ceci : grand
dieu ! agréez l'hommage de ma reconnaissance ; mon père, mon
cher, mon respectable père sera encore heureux !

C'est à toi, ma chère Henriette,
répondit M. Lucas, que ton père

doit son retour à lui même. Ce matin, ô momens heureux! j'ai entendu
la voix de mon enfant, elle a été
pour moi un avertissement salutaire.
Elle m'a fait appercevoir de mon
erreur; il ne me reste plus qu'à veiller à la conservation de l'être destiné
à faire la consolation de ma vieil-
lesse.

Pour compléter le bonheur de
cette journée, un exprès arriva le
soir, apportant la nouvelle que mistriss Roberts était hors de danger,
et qu'après sa guérison elle vien-
drait à Auburn avec son père et
son mari.

CHAPITRE IV.

Le temple.

LE jour de l'anniversaire de la naissance du capitaine Roberts, à peine le soleil avait commencé à dorer le sommet des collines couvertes de verdure, qui environnaient le village florissant d'Auburn , que les portes d'Image-place s'ouvrirent et invitèrent l'industrieux villageois à s'empresser de venir jouir des plaisirs qui lui étaient préparés.

Ce jour fut annoncé par le sonde l'unique cloche qui , depuis des siècles, était suspendue dans l'humble tour de cet édifice sacré, si agréablement décrit par notre poëte Goldemith , dans son poëme aussi simple qu'intéressant. Jamais ce son n'avait paru aussi harmonieux au vénérable pasteur, que dans cette occasion.

Le bonheur qui régnait dans son habitation élégante et solitaire fut encore augmenté par la présence de M. Néville, qui arriva la veille de la fête, jugeant comme M. Lucas que les avances de M. Goodwin devaient être regardées comme un acte de réconciliation.

Avant de monter en voiture, M. Lucas dit à sa fille : allons, ma chère enfant, de la gaîté aujourd'hui. Je veux absolument chercher tous les moyens de te dédommager des peines que t'ont causées mes dernières erreurs. Nous sommes convenus M. Néville et moi d'aller chez M. Goodwin et d'oublier le passé. La manière dont il se conduit maintenant envers la sœur de notre brave

capitaine doit être encouragée et récompensée. Il a témoigné désirer que
j'assistasse à la fête qu'il donne en
l'honneur de celui pour qui notre
cher Sydney avait tant d'affection.
Oui, ma chère Henriette, dit M.
Néville. Le frère de votre amie est
au-dessus de tout éloge ; et quoique
la conduite de son mari l'ait rendu
malheureuse pendant un temps, elle
a produit une réforme salutaire dans
la sienne. Elle l'a rendu digne d'être
l'amie de l'objet de toute ma tendresse, de celle pour qui seule je vis,
et pour le bonheur et la tranquillité
de laquelle je sacrifierais volontiers,
s'il était nécessaire, cette existence
dont elle me fait si bien sentir le
prix.

Ils furent reçus à Image-place avec
toutes sortes d'égards et de témoignages de reconnaissance. La journée

se passa dans les plaisirs et avec une satisfaction réciproque. Quand l'heure de se séparer approcha, M. Néville fit part à monsieur et à mistriss Goodwin qu'il allait bientôt recevoir de M. Lucas un présent qui mettrait le comble à son bonheur, et que le père de sa chère Henriette, aussi·bien que lui même, espéraient qu'ils voudraient bien leur faire l'honneur d'assister à la cérémonie. Le jour fixé pour notre mariage, ajouta-t-il, est celui où miss Lucas entrera dans sa vingtième année. Ce sera donc une double fête, et nous vous saurons le plus grand gré de venir y prendre part, et de nous donner par là un nouvelle preuve de votre estime.

Il est aisé de s'imaginer que le jour qui vit unir ce couple fortuné fut celui de la joie et du bonheur; mais

mais comme il ne nous paraît pas fort essentiel de dépeindre la toilette de la mariée, l'air satisfait de l'époux, de rapporter leurs tendres discours, et les remarques flatteuses des spectateurs, nous prierons celles de nos belles lectrices qui ont compté sur ces détails, de vouloir bien nous en dispenser, et de nous permettre de poursuivre notre histoire.

Le nouveaux mariés engagèrent M. Lucas à venir passer un mois avec eux à Lockwood-vale ; c'était le nom de la maison que M. Néville avait achetée nouvellement, et qui était située à un mille de la chaumière. Ce tems s'écoula rapidement, et le spectacle du bonheur de ses enfans contribua à rétablir dans l'âme de ce bon père son ancienne tranquillité. Cependant il exprimait souvent ses regrets sur la perte de son

ami ; mais son gendre et sa fille,
voyant le plaisir qu'il avait à s'entretenir de ses vertus, avaient soin
d'en faire tous les soirs le principal
sujet de la conversation.

Le lendemain de son retour chez
lui, M. Lucas, après avoir passé la
nuit dansle sommeil le plus paisible,
se leva de bonne heure.

Comme il descendait pour déjeûner, il ne put s'empêcher de sou-
pirer en songeant qu'il ne trouverait
personne pour lui tenir compagnie,
et qu'il allait prendre le repas qui
autrefois lui faisait tant de plaisir,
sans avoir reçu ce tendre baiser et
ces marques d'intérêt auxquels il
avait été si long-tems accoutumé.
Mais combien ne fut - il pas agréablement surpris, en voyant sa fille
assistée de son mari, occupée à pré-

parer le lait et les fruits secs qui faisaient son déjeûner ordinaire.

Il était entré sans être apperçu. Il
resta quelque tems à contempler leurs
soins attentifs, mais enfin il s'écria :
ô mes bons enfans ! A ces mots ils
tournèrent la tête, et se précipitè-
rent aux genoux de leur adorable
père en lui demandant sa bénédic-
tion. Oui mes amis, répondit ce
digne ministre du seigneur avec l'expression de la plus vive reconnaissance, puissent mes bénédictions et
celles du ciel se multiplier sur vous !
Que je me jette aussi à genoux, et
dans les transports d'un saint ravis-
sement, chantons les louanges du
tout-puissant, et offrons - lui nos
actions de grâces.

A peine avaient-ils commencé à
déjeûner, qu'ils virent arriver rapidement une voiture en poste, de

E 2

jaquelle descendirent M. et mistriss
Roberts et leur respectable père. Mistriss Neville reçut mistriss Roberts,
avec cette politesse et cette prévenance
qui lui étaient si naturelles , tandis
que le capitaine demandait au digne
pasteur son amitié pour M. Lebrun.
Un exprès fut envoyé sur le champ
à M. et à mistriss Goodwin, pour
les engager à venir dîner et partager
la joie que causait cette réunion. Les
plaisirs de l'amitié embellirent cette
journée , et les nouveaux arrivés ac-
compagnèrent le soir leurs parens à
Image-place.

CHAPITRE V.

Chiromancie et brigandage.

L A satisfaction qu'éprouvait M. Lucas du bonheur de tout ce qui l'environnait, était cruellement troublée par le souvenir de la fille de son parent, son ami et son bienfaiteur. Il ne pouvait songer, sans chagrin et sans inquiétude, à la triste situation à laquelle il présumait que Louisa devait être réduite ; et dans ses heures de retraite, cette idée le tourmentait au point d'influer sur sa santé. Tout ce qui se présentait à ses yeux, en lui rappelant l'amiral et sa fille, augmentait ses peines et empoisonnait ses plaisirs.

Le lendemain de l'arrivée du ca-

E 3

pitaine Roberts , M. Lucas alla se promener suivant son ordinaire. Etant près de la grande route , il fut acosté par un petit garçon qui lui demanda l'aumône.

Qui êtes-vous , dit M. Lucas en examinant l'enfant qui lui tendait la main , et dont la beauté avait fixé son attention? Il était couvert de haillons , et sollicitait sa charité d'un air humble , mais mêlé d'une espèce de fierté qui semblait annoncer qu'il n'était pas né pour l'état de misère auquel la nécessité l'avait réduit.

Je suis un pauvre petit mendiant , répondit-il ; cependant les roses de son teint prouvaient qu'il ne comprenait pas la force de ce qu'il disait, et son air riant démontrait qu'il ne sentait pas tout le malheur de sa triste position.

Et quel est votre nom, continua
M. Lucas ? — Alfred !.....

Voilà un beau nom pour un état
aussi misérable ! Qui vous a donné
ce nom-là ?

— Ma foi, Monsieur, je n'en sais
rien ; mais maman qui est ici près
pourra peut-être vous le dire.

Dans ce moment, une femme au
teint hâve et basanné s'approcha. Sa
figure était si repoussante que M.
Lucas accueillit mal l'air riant avec
lequel elle l'aborda, et détourna les
yeux avec une espèce d'horreur. Il
reprenait le chemin de la maison,
quand l'enfant, courant après lui,
cria d'un ton lamentable: de grace,
Monsieur, donnez-moi un liard, je
meurs de faim.

La bohémienne qui surveillait leurs
mouvemens avec attention, plaça le
premier doigt de sa main droite sur

E 4

la paume de sa main gauche , et pria
M. Lucas de mettre dessus une pièce
d'argent , en l'assurant qu'elle lui
dirait sa bonne aventure.

Il lui ordonna d'un ton sévère de se
retirer. Elle obéit et s'éloigna. Mais
il n'était pas aussi aisé de se défaire
du petit Alfred ; il répéta encore
d'un ton suppliant qu'il mourait de
faim. Petit fainéant, s'écria M. Lucas, ne crois pas m'en imposer avec
tes contes ; je ne veux point, en en-
courageant ta paresse, donner un
exemple aussi dangereux aux enfans de ma paroisse. Va-t-en, petit drôle , apprends un métier honnête , et tu ne seras jamais exposé
à mourir de faim.

M. Lucas sentit une espèce de
remords de la manière dure dont
il s'était exprimé. Arrivé à la bar-
rière , il tourna involontairement la

tête , et vit la bohémienne battant
l'enfant qui jettait les hauts cris ; il
revint sur ses pas , et demanda à
cette femme quelle faute le petit garçon avait faite ? Elle éluda la question, et fit de vains efforts pour imposer silence à Alfred , qui s'écria,
dès que ses pleurs le lui permirent :
Maman me bat, parce que je ne vous
ai pas suivi jusque chez vous , et elle
me traite toujours de même , quand
je ne peux pas gagner d'argent.
Martha est beaucoup meilleure pour
moi que maman; mais Martha est malade dans une grange à un mille d'ici.

Où est cette grange? dit M. Lucas,
et quelle est sa maladie ?

La femme répondit que leur troupe rôdait dans le pays, qu'elle s'é-
tait dispersée dans différens cantons,
et qu'elle devait se rassembler dans
trois mois ; qu'alors on arrêterait les

comptes des dépenses et des profits;
et qu'ensuite on célébrerait la fête
qui depuis un tems immémorial avait
lieu tous les ans parmi les bohémiens.
Elle ajouta que Martha avait une
affection très-particulière pour le
petit Alfred, et qu'elle le confiait
quelquefois à ses soins, quand les
infirmités de son âge l'empêchaient,
comme cela arrivait souvent, de
demander l'aumône pour lui. M.
Lucas s'informa si elle était réellement sa mère, à quoi elle répondit
négativement; l'usage parmi nous,
ajouta-t-elle, est que les enfans ap-
pellent maman celles qu'ils accompagnent.

M. Lucas donna malgré lui quelque attention à ce détail, mais déterminé à ne s'en pas laisser imposer, il se hâta de jeter dans la
main du petit garçon une pièce de

six sous d'une forme remarquable ,
qu'il avait depuis quelques mois dans
sa poche, ce qu'il donna parce qu'il
n'avait pas d'autre argent sur lui ;
puis levant son bâton d'un air me-
naçant , il ordonna à *la maman* et
à l'enfant de ne pas l'importuner
davantage.

Il revint chez lui tout pensif. L'i-
mage du petit Alfred semblait le
poursuivre ; et quand il songeait à
sa beauté et à ses humbles suppli-
cations, sa voix plaintive retentis-
sait encore à son oreille.

Comment ai-je pu traiter aussi
durement ce malheureux enfant ? se
disait-il avec chagrin ; il a imploré
ma pitié, et je l'ai refusé ! Mais ai-je
mis dans mon refus la douceur qu'il
a mis à réclamer mon assistance ?
hélas ! non, j'ai employé envers lui
le langage impérieux de la supério-

rité, en oubliant dans ce moment que je ne suis que l'instrument de la bienfaisance divine ; je lui ai ordonné d'un ton que je n'avais pas droit de prendre : *de ne pas m'importuner davantage.*

Madame Néville s'était fait une étude de calmer par ses caresses et ses manières engageantes l'effervescence naturelle de son père, et de rendre à son âme cette paix et cette modération qu'elle avait si bien su établir dans son propre cœur. Il lui conta cette petite aventure, qui lui donna un vif désir de voir l'enfant, et d'être instruit de la situation de Martha. Le dîner était à peine fini, et madame Néville était déjà montée dans sa chambre pour s'apprêter à aller aux informations, quand on annonça M. Hodges, fermier du voisinage.

Je viens, dit-il, mon cher Monsieur, pour vous apprendre qu'une maudite troupe de bohémiens infeste depuis quelques jours notre paroisse. J'ai entendu plusieurs personnes se plaindre d'eux, et hier je les ai apperçus établis dans un de mes champs autour d'un grand feu. J'allais les chasser, quand une des femmes est venue à moi, m'a prié de ne point avancer parce que j'effraierais une de ses compagnes qui était en mal d'enfant ; elle ajouta que leur intention était de partir dès qu'elle serait accouchée. Je me retirai en conséquence, et vers le soir je retournai au même endroit avec un de mes gens par qui j'avais fait porter quelques bagatelles qui pouvaient être utile à la pauvre malade.

La compagnie était partie, et auprès du feu qui brûlait encore, je trouvai la peau toute fraîche d'une de mes plus belles brebis, de la chair de laquelle ces drôles s'étaient régalés, et c'était la peur que je ne m'en apperçusse qui leur avait fait inventer le conte dont ils s'étaient servis pour me tromper. La femme du voisin Mercer ayant pitié d'eux, a eu l'imprudence de laisser entrer chez elle un de leurs enfans, mais elle n'a pas tardé à s'appercevoir qu'il lui manquait une petite cueiller d'argent qui était sur la table. Il faut absolument, Monsieur, empêcher ces déprédations à l'avenir, et je viens vous demander un ordre pour mettre ces vagabonds à la maison de correction.

Dans ce moment, madame Néville entra dans le salon, et M. Lucas lui apprit le motif de la visite de M. Hodges. Cela ne m'empêcha pas cependant d'exécuter son projet. Le récit de son père avait excité sa curiosité, et l'avait intéressée en faveur d'Alfred et de Martha.

Au demeurant, sa course fut inutile : arrivée à la grange, elle ne trouva ni la malade, ni le petit garçon, ni aucun vestige des diseurs de bonne aventure. Il ne restait que les plumes des volailles qu'ils avaient dérobées aux habitans d'Auburn, qui, fatigués de leurs rapines, les avaient le matin même chassés à coups de bâtons ; mais ils ne s'y étaient pas pris assez à tems pour les empêcher de faire un dégât considérable dans les somptueuses dépendances d'Image-place.

L'ordre qui avait été sur le champ expédié par M. Lucas qui, depuis la mort de l'amiral était juge de paix, ne servit de rien. Cette troupe de pillards avait passé dans une autre

province ; car ils savaient bien discer-
ner quand ils avaient commis des bri-
gandages suffisans pour rendre leur
changement de domicile nécessaire ,
quand ils pouvaient se montrer, et
quand il fallait se cacher.

CHAPITRE

CHAPITRE VI.

Louisa Sydney.

Revenons enfin à Louisa Sydney, dont le lecteur désire sûrement depuis long-tems connaître la destinée, et que nous avons laissée entraînée par le tourbillon de la dissipation, à l'exemple d'une tante dépravée qu'elle n'était que trop disposée à imiter. Légère et irréfléchie, elle voltigeait de plaisirs en plaisirs, sans prévoir que l'adversité ne tarderait pas à la frapper des coups les plus funestes. Tant que l'amiral, trompé et trop indulgent, voulut bien fournir aux demandes réitérées et exorbitantes de son indigne sœur, Louisa vécut sans inquiétude, et n'eut rien à désirer, que

la continuation du bonheur dont elle
jouissait. Le sentiment de l'amour ,
qui balance toujours tous les autres
dans le cœur d'une femme sensible ,
lui était absolument étranger. Co-
quette avec tous les hommes qui venaient chez sa tante , si elle en traitait
quelques-uns d'une manière un peu
plus favorable, elle n'en avait cependant trouvé aucun qui eût pu fixer
son choix ; et à la vérité , les jeunes
gens de la société de miss Sydney
étaient, ou trop amoureux d'eux-mêmes, pour faire attention à Louisa ,
ou, ce qui était encore plus commun,
trop occupés à duper les autres ou à
se laisser duper eux-mêmes , pour
songer sérieusement à quelqu'autre
objet, quelqu'aimable et intéressant
qu'il pût être. Un jour enfin, étant
dans le cabinet de sa tante, elle reçut
une lettre de l'amiral , contenant les

plus vifs reproches ; fondant en larmes , elle la remit à miss Sydney , en
penchant la tête sur le sein de sa
tante ; et d'un ton qui prouvait combien elle se sentait coupable , elle
exprima dans les termes les plus vifs,
ses regrets des peines qu'elle causait
au meilleur des pères : puis avec
une douce naïveté , elle pria sa
tante de lui permettre d'avouer à
son frère , que les sommes considérables qu'il lui avait envoyées depuis quelque tems , avaient été em-
ployées pour son propre usage , et
n'avaient pas été dépensées de la
manière extravagante qu'il pouvait
s'imaginer.

Il est impossible de rendre le bou-
leversement que produisit dans l'esprit de miss Sydney une demande
si imprévue, et qui lui paraissait si
extraordinaire ; que Louisa osât,

F 2

même un instant, *se rappeler* cette circonstance, lui semblait déjà trop choquant pour admettre aucune excuse ; mais l'idée qu'elle ait conçue le projet d'expliquer à son père *comment* son argent avait été employé, était si loin de toutes celles que miss Sydney avait eues jusqu'alors, qu'elle fut obligée de prétexter un mal de tête, et de prier qu'on la laissa seule jusqu'à ce qu'elle eût assez repris ses esprits pour pouvoir réfléchir aux moyens les plus convenables de reconcilier son *cher* frère avec une nièce encore plus *chère.*

La malheureuse et crédule Louisa croyait que le cœur de sa tante, et même que ceux de tous les hommes étaient de la même trempe que le sien. Elle fut donc enchantée de la promesse qu'elle lui avait faite, et

ne se hasarda point à commencer
une lettre pour son père , avant
qu'elle lui eût dicté la manière dont
elle devait écrire.

Elle attendait inutilement le con-
seil que miss Sydney lui avait promis, et qu'elle différait de jour en
jour, lorsqu'elle fut tirée de l'espoir
flatteur dont elle se berçait, par une
lettre d'une tournure plus sérieuse ,
qu'aucune de celles qu'elle avait re-
çues jusqu'à ce moment, et dont
voici le contenu :

« Malgré mon éloignement , je
n'ignore pas votre conduite; et j'ai
appris de bonne part toutes vos
extravagances. Je sais que tout l'argent que je vous ai envoyé pour
payer les dettes que vous disiez avoir
contractées, a été perdu au jeu , et
que vous n'en avez pas remboursé
une seule. Vous m'avez presque ré-

duit à la même détresse que celle
dans laquelle vous vous êtes plongée
vous même ; il est tems que je mette
fin à un genre de vie qui vous a
portée à tant de folies, si même il
ne vous a pas entraînée dans le vice.
Hélas ! mon enfant, car je sens que
tu l'es toujours, pourrais-tu ne pas
avoir pitié de ton bon, de ton vieux
père ? N'ajoute pas aux peines d'un
corps mutilé, celles encore plus sensibles d'une ame profondément ul-
cérée ; rends-moi ce bonheur pur et
sans mélange, dont je jouissais
quand j'ai eu l'imprudence de croire
que tu pouvais être formée pour le
monde, sans que ton cœur, l'ouvrage
de la divinité, pût être corrompu
par l'exemple. Reviens à moi, mon
enfant, et renonce aux erreurs de
ta jeunesse. Le première partie de
cette lettre peut te paraître dure,

je l'ai commencée comme un juge,
mais je veux la finir comme un
père. Tu trouveras ici un asile sûr,
et mes premiers embrassemens effa-
ceront tout souvenir du passé. J'irai
moi-même à Londres te chercher la
semaine prochaine, et j'espère que
tu ne seras pas fâchée de te retrouver
encore une fois dans les bras de
ton père ».

A. SYDNEY.

Cette lettre fut un coup de foudre
pour la pauvre Louisa. En remettant
à sa tante le dernier argent qu'elle
avait reçu, elle lui avait donné en
même tems un état de ses dettes,
que celle-ci lui avait promis de
payer exactement. Quel parti prendre ? En révélant la vérité, elle oc-
casionnerait necessairement une rup-
ture entre son père et miss Sydney,
si cependant il ajoutait foi à ce

qu'elle lui disait ; mais d'après quelques propos échappés dernièrement
à sa tante, elle avait tout lieu de
soupçonner qu'on comptait ajouter
une imputation de fausseté à tous
les torts qu'on avait déjà si grande-
ment exagérés. Louisa ne put s'empêcher de remarquer l'indifférence
calme avec laquelle miss Sydney
portait ses yeux sur elle et sur le fatal écrit. Après un moment de silence, sa tante lui dit : il y a long-
tems, Louisa, que je crains cet
événement ; vos dettes sont certainement plus considérables que votre
fortune, et je suis dans l'impossibi-
lité absolue de les acquitter. Souvenez-vous que j'ai été obligée d'employer l'argent que vous *dites* m'avoir
donné pour les payer, à arranger une
dette d'honneur. Vous savez mieux
que moi combien il vous en reste
encore

encore de cette espèce. Je ne vous conseille pas d'aller chez votre père : je vous parle en amie ; je connais mon frère mieux que vous ; et quoique ce soit un bon et digne homme, il a des singularités auxquelles vous ne pourriez pas vous plier, après avoir été si long-tems accoutumée aux plaisirs de Londres. Votre père, mon enfant, n'a pas une idée de ce qui ne tient pas à son métier ; il voudra vous marier à quelque butor de marin qui, pour vous faire des complimens, vous dira que *vous êtes une jolie frégate bien agréée ; qu'il vous prendra à la remorque pour vous conduire dans un port de sûreté, et qu'il mouillera près de vous au-dessus du vent, pour vous mettre à l'abri des mauvais tems.*

Tels étaient les propos insidieux par lesquels miss Sydney cherchait

Tome II. G

à égarer l'innocence de sa nièce.
Souvent cette jeune personne, malheureuse sans être absolument coupable, songeait avec douleur à la position affreuse dans laquelle elle se
trouvait, et la comparait au bonheur
dont elle jouissait dans le tems où
elle sentait que sa conduite méritait
l'approbation de son père. Ce charmant tableau se présentait actuellement à ses yeux, terni par le souffle
impur de la corruption. Elle avait
quitté le sentier de la vertu; son ame
avait perdu son innocence, et elle
éprouvait les remords les plus cuisans, en songeant qu'elle avait détruit
pour jamais l'espoir le plus cher du
meilleur et du plus indulgent des
pères.

L'ame de Louisa n'était point assez
forte pour soutenir le combat des
sentimens opposés qui l'agitaien

Dans un moment, pâle et abattue ;
elle déplorait les égaremens qui l'a-
vaient réduite à un état aussi pénible ;
l'instant d'après elle s'appuyait des
préceptes et de l'exemple de sa tante,
et se savait mauvais gré de sa faiblesse. Telles sont les transitions su-
bites du cœur humain !

Son père avait joint à la lettre qui
avait donné tant de chagrin à sa fille,
un billet de banque de cent livres
sterling ; et malheureusement la
veille, quoiqu'elle eût perdu comme
à l'ordinaire, elle avait touché cent
vingt guinées en paiement d'une ancienne dette de jeu. Aussitôt après la
conversation qu'elle avait eue avec
sa tante, cette dame fut sommée de
donner audience à un envoyé du
shériff de Middlesex, qu'elle se
trouva forcée d'ajouter à la troupe
de ses prétendus valets. Quoique

G 2

cette aventure désagréable eût été précédée de beaucoup d'autres de la même espèce, dans les circonstances présentes, elle fit une impression particulière sur l'esprit de Louisa, à qui la lettre de son père venait d'ouvrir les yeux. Elle commença à réfléchir sérieusement sur sa situation. Ses créanciers devenaient pressans ; il ne fallait pas beaucoup de sagacité pour voir qu'il n'y avait qu'un miracle qui pût sauver sa tante d'une perte prochaine , et que, quoiqu'il fût impossible d'être plus adroite , et qu'elle eût à ses ordres les joueurs les plus habiles d'Angleterre , ses extravagances et la perfidie de l'aveugle déesse, qui ne rend pas toujours justice au mérite de ses plus sincères adorateurs , contribuaient également à accélérer sa ruine.

Louisa, vivement touchée de la

manière tendre dont son père finis-
sait sa lettre, et du désir qu'il exprimait de la revoir dans ses bras, aurait
volontiers profité de l'asile qu'il lui
offrait. Mais elle sentait qu'elle y serait poursuivie par la rigueur des
lois, et que d'après le mauvais usage
que sa tante avait fait de l'argent
qui aurait dû servir à acquitter la
plus grande partie de ses dettes, elles
étaient beaucoup plus considérables
que l'amiral ne pouvait l'imaginer,
ou qu'il ne voudrait lui pardonner.
Elle pensait, en conséquence, que
son retour chez son père ne servirait
qu'à l'envelopper dans le même em-
barras qu'elle, et à lui faire partager
son déshonneur. Elle était effrayée
de l'idée de se présenter devant lui,
et cependant elle ne pouvait pas
rester dans l'état où elle se trouvait ;
il fallait prendre un parti décisif.

G 3

Honteuse d'avouer sa position à l'a-
miral , et craignant à toute heure
d'être inquiétée par ses créanciers ,
elle ne vit d'autre expédient que de
s'enfuir de chez sa tante , et d'éviter ,
au moins pour le présent, une entrevue avec son père.

L'argent qu'elle possédait , mé-
nagé avez économie , pouvait lui
suffire jusqu'à ce que quelque crise
plus favorable lui permît de se découvrir , et elle resolut de se tenir
cachée , pour attendre le résultat
de la conduite que sa tante adopte-
rait dans les circonstances embar-
rassantes où elle se trouvait ; elle
espérait encore que si la fortune
changeait, miss Sydney en profite-
rait pour payer les dettes de sa malheureuse nièce.

CHAPITRE VII.

Continuation.

Une nuit très-froide du mois de janvier, la nombreuse assemblée de miss Sydney se sépara beaucoup plutôt que de coutume ; il n'était encore que trois heures, et chacun se retira pour retrouver chez lui ses gens à moitié endormis, son feu éteint, son appartement bien propre, mais glacial, et tous les autres *agrémens* d'une vie à la mode.

Le splendide hôtel de Grosvenor-Square offrait un spectacle absolument opposé ; la chaleur excessive et le mélange d'odeurs provenant de la réunion d'un grand nombre de personnes, avaient obligé

d'ouvrir les rideaux et les fenêtres,
et de faire éteindre jusqu'à la moindre étincelle des feux que peu
de momens auparavant encore on
recommandait d'entretenir avec le
plus grand soin.

Les valets qui étaient fort éveillés,
s'empressaient de profiter de quelques
heures de la soirée que dans beaucoup d'autre maisons on aurait plutôt
regardées comme appartenant à
la matinée pour avancer leur be-
sogne du lendemain, et brosses et
balais en main attendaient qu'on
leur servît un bon souper où le vin
ne devait pas être épargné, et après
lequel ils se retireraient en chance-
lant dans leurs chambres, où on les
laisserait se dédommager sur le jour,
des fatigues de la nuit ; mistriss Mar-
wson, la femme de charge, et mistriss
Smoothen, la femme de chambre

de miss Sydney , qui savait que les
valets subalternes avaient été souvent témoins de la manière sans
gêne dont elles usaient de la cave
de leur maîtresse , avaient cru que
le meilleur parti était de s'en faire
ainsi des amis , quoiqu'elles n'ou-
bliâssent pas la distance à laquelle
il était nécessaire de les tenir pendant le jour.

A l'heure susdite , miss Louisa prit
congé de sa tante jusqu'au déjeûner qui devait avoir lieu à trois
heures après-midi , et elle se retira
dans sa chambre , les yeux appe-
santis, la tête lourde , l'esprit troublé
et le cœur bien malade. Elle se coucha, mais le sommeil qui aupavant
l'accablait malgré elle , se refuse alors
à ses paupières. Elle tâcha d'employer à ranimer sa résolution et son
courage , le tems que la nature avait

destiné à réparer ses forces ; mais
son âme était encore neuve ; le remords faisait sur elle l'impression la
plus vive ; elle regardait tous les gens
de sa connaissance comme des ennemis qui avaient cherché à la perdre dans l'esprit de son père ; et tous
ceux qu'elle voyait journellement
chez miss Sydney, lui paraissaient
de vils corrupteurs qui voulaient la
séduire et détruire pour jamais sa
tranquillité.

Le jour parut, et son sort n'était
pas encore décidé. Que faire ? il
fallait nécessairement prendre un
parti, et il n'y avait pas un instant
à perdre. L'idée d'abandonner la
sœur de son père, dans l'état de
détresse où elle se trouvait, révoltait
sa sensibilité. D'un autre côté, elle
sentait qu'il ne lui était pas possible de rester plus long-tems avec

elle. Elle se détermina donc enfin à
quitter sur le champ, et pour jamais,
une maison dans laquelle sa liberté
était continuellement en danger, et
où son séjour pouvait entraîner les
plus fâcheuses conséquences pour
son père et pour elle-même.

Dès qu'elle s'apperçut que tout était
tranquille dans l'hôtel, elle fit un
gros paquet de ses effets les plus
précieux ; et ouvrant doucement une
croisée du rez de chaussé, elle fit
signe au *Watchman* (1) qui la
connaissait et qui n'hésita point à
l'aider à sortir : il la conduisit à une
voiture ; elle lui glissa une guinée
dans la main, et le pria de ne la
point trahir, en ajoutant qu'elle

(1) Homme employé pour veiller pendant la nuit à la sûreté publique et qui an-
nonce les heures.

allait trouver son amant avec lequel
elle devait partir sur le champ pour
Gretna-green (1). Elle ordonna au
cocher de la mener à la Croix-d'or
à Choring-cross ; et se sentant prête
à succomber sous l'excès des fatigues
de corps et d'esprit , elle demanda
un lit, et ne tarda pas à perdre le sentiment de ses peines dans un doux et
paisible sommeil.

A son réveil, elle se trouva assez
calme pour pouvoir s'occuper de
ce qu'elle avait à faire. Elle résolut
de quitter la capitale, et l'espoir d'un
avenir plus heureux diminua le fardeau qui pesait sur son cœur. Elle
dîna seule, et se mit ensuite à la fe-
nêtre pour considérer le tableau mou-

---

(1) Village sur les frontières d'Ecosse où
vont se marier les personnes qui ne peuvent
pas obtenir l'agrément de leurs parens.

vant qui est si frappant dans ce quar-
tier. Une voiture publique était à la
porte de l'auberge : elle prit des informations , et apprit que c'était la
diligence de Bristol , qui devait partir à huit heures du soir. Eh! pourquoi
n'irais-je pas à Bristol , dit-elle en
elle-même ? autant là qu'ailleurs. Un
étranger est moins remarqué dans
une grande ville ; et il y a long-tems
que j'ai envie de voir les belles plai-
nes du Sommersetshire. Elle sonna ,
et on lui dit qu'il y avait une place
vacante dans la voiture. Elle la retint
sous le nom de miss Serlby ; et à
l'heure désignée , elle se trouva sur
la route de Bristol , avec trois hommes qu'elle avait vus à la porte et
qu'elle avait assez considérés pour
se convaincre qu'elle n'était connue
d'aucun d'eux.

Il ne se passa rien de remarquable

pendant la route , et elle éprouva
toute sorte d'attentions et de poli-
tesses de la part de ses compagnons
de voyage qui étaient des Irlandais ,
et qui tous trois allaient à Bath dans
le même dessein , celui d'accrocher
chacun , s'il était possible , quelque
riche héritière.

Ayant fait inutilement tous leurs
efforts pour tirer d'elle qui elle était ,
jugeant d'ailleurs qu'une personne
qui voyageait seule , n'était pas de
l'espèce de celle qu'ils cherchaient ,
ils ne la pressèrent pas davantage ; et
quoiqu'ils continuassent pendant le
reste du chemin à avoir pour elle les
mêmes honnêtetés et les mêmes pré-
venances , elle n'eut pas de peine à
voir qu'ils étaient de la même espèce
que ceux qui venaient ordinairement
chez sa tante, et que , comme eux ,
ils étaient guidés par le double

motif de faire fortune au jeu, et de se procurer quelque mariage avantageux.

Arrivés à Bristol, ils descendirent à la fameuse auberge du Buisson, tenue par le non moins célèbre M. Wecks. Ces messieurs prièrent miss Selby, de leur faire l'honneur de dîner avec eux. Elle trouva qu'il n'y avait pas plus d'inconvénient à accepter cette invitation, qu'il n'y en avait eu à être renfermée toute la nuit avec trois hommes dans une voiture, et à être défrayée par eux pendant la route, malgré tout ce qu'elle avait pu dire. Elle se rendit d'autant plus volontiers, qu'ils lui avaient dit que leur intention était de prendre le lendemain, de bonne heure, une voiture à quatre chevaux pour aller à Bath, et qu'elle s'imaginait que c'était afin d'y arriver de cette manière brillante, qu'ils avaient pris la diligence de Bristol.

Après avoir quitté son habit de voyage, et avoir mis une robe fort élégante de mousseline, elle descendit dans la salle, où elle ne trouva que le capitaine Dillon qui avait fait une toilette au moins aussi recherchée que la sienne. Il la salua d'un air respectueux, lui avança une chaise et s'assit auprès d'elle. Il lui dit que ses camarades arriveraient dans le moment, et lui proposa d'aller tous ensemble se promener dans la ville. Comme il faisait beau, quoique froid, miss Serlby consentit à être de la partie; ses yeux alors se portèrent sur le capitaine. Jamais elle n'avait vu la toilette opérer un changement si frappant, car, quoique d'abord il lui eût semblé assez bien, il lui parut alors un fort bel homme.

Peut-être

Peut-être fit-il les même réflexions par rapport à elle. Je n'oserais pas assurer que Louisa ne soupira pas intérieurement, et n'eût pas désiré d'être une riche héritière , et d'habiter Bath. Mais quand les amis de Dillon, qui étaient également des jeunes gens d'une belle humeur, arrivèrent après avoir fait aussi toilette ; Louisa , quoique peut-être involontairement se rapprocha encore plus du capitaine, de peur que les autres ne fussent tentés de lui offrir le bras. Dillon s'empressa de lui présenter la main pour descendre l'escalier , et elle se crut *obligée* de l'accepter :

Ils allèrent d'abord à la cathédrale ; l'épitaphe sublime de mistriss Mason fixa l'attention de miss Serlby qui la parcourut dans un morne silence. Elle prit son crayon et com-

Tome II.   H

mença à la copier sur le dos d'une
lettre ; elle avait déjà écrit ,

Reçois, ô terre sainte. . . .

quand le capitaine Dillon , lui en-
levant doucement le crayon et le
papier, ajouta :

Tout ce qui est cher à mon cœur.

et les lui rendit. Puis , profitant de
l'éloignement de ses camarades qui
étaient occupés à contempler le superbe monument de l'Elisa de Sterne,
il lui demanda d'un ton expressif, s'il
était nécessaire qu'il ajoutât encore
quelque chose ? — Elle rougit, remit le papier dans sa poche , résolue
de revenir une autre fois pour finir
de copier l'épitaphe , et elle rejoi-
gnit les autres jeunes gens qui di-
rent qu'ils ne pouvaient pas se dispenser d'aller voir les eaux miné-
rales, et que comme on ne dînerait

point de deux heures , il auraient
tout le tems de satisfaire leur curiosité. Ils prirent donc une voiture qui
les conduisit aux eaux ; et le spectacle
enchanteur qui se présenta à leurs
yeux , surpassa encore leur attente.
Un superbe vaisseau des Indes occi-
dentales, qu'ils apprirent être la *Fan-*
ny , capitaine Baker , fendait majes-
tueusement les flots de la belle rivière
d'Avon , dont les bords riches et peu-
plés les frappèrent de surprise et d'ad-
miration. Les rochers énormes de St.
Vincent , le croissant, dont l'élégante
architecture fait un si heureux contraste ; la magnifique bibliothèque
de madame Anne Yearsly , cette
personne aussi extraordinaire qu'intéressante , formaient une variété de
tableaux agréables à l'œil et satis-
faisans pour l'âme.

Ils retournèrent à l'auberge , où

ils trouvèrent un dîner excellent,
car tous ceux qui ont été à Bristol,
savent qu'on ne voit nulle part en
plus grande abondance tout ce qu'il
y a de meilleur au monde ; une soupe
à la tortue, et diverses autres produc-
tions des îles, avec des vins de la première qualité, prouvèrent à Louisa la
vérité de ce qu'elle avait souvent ouï
dire, que les Irlandais n'épargnent
rien pour leur table : quoique ces messieurs aimâssent probablement autant
à boire que tous leurs compatriotes,
ils étaient trop polis pour oublier qu'ils
avaient une dame avec eux ; ils lui
proposèrent de l'accompagner au
spectacle, comme la manière la plus
agréable pour elle de passer la soirée,
ils y arrivèrent tard, et trouvèrent
la salle entièrement remplie. Ce con-
cours était attiré par M. Iucledon ;
et quand l'ouvreur de loges entra

pour procurer des places aux nouveaux venus, les spectateurs demandaient à grands cris, qu'il re-
commença l'air de *Poor-jack*, et
les divinités bruyantes du paradis
l'accompagnaient de leurs voix dis-
cordantes. Le mérite de cet incom-
parable acteur est trop connu pour
avoir besoin d'éloges ; mais il est
certain que ses talens surprenans
avaient été jusqu'alors perdus pour
Louisa, ainsi qu'il arrive toujours
à une belle dame qui va au spectacle, sans savoir quelle pièce on
y joue, et qui dès quelle n'a plus
dans sa loge l'agréable, ou les agréables qu'elle était venue pour y trouver, bâille et s'ennuie, se jette dans
sa voiture, et dit, en rentrant chez
elle, qu'Incledon a chanté comme
nn ange.

Louisa était tourmentée d'avance

de l'idée de la séparation du lendemain : un air tendre et mélancolique,
chanté par Incledon, fit une vive
impression sur elle, et lui inspira le
désir de pouvoir se livrer seule à ses
réflexions.

Le capitaine Dillon fut si occupé
toute la soirée de miss Serlby, que
ses camarades ne purent s'empêcher
de s'en appercevoir, et le capitaine
Grady (car ces messieurs s'étaient
tous faits capitaines) qui était le plus
âgé des trois, jugea à propos de faire
en particulier à miss Serlby, quelques observations fort honnêtes, et
qui ayant un but moral, pouvaient
alarmer sa sensibilité, sans blesser
sa délicatesse. Il lui glissa légèrement
que le capitaine Dillon avait été en
quelque sorte confié à ses soins par
ses parens, ce qui devait être plutôt
attribué à quelqu'alliance qui existait

entr'eux, qu'à une grande disparité
d'âge ou d'expérience. Les attentions
de Dillon étaient certainement loin
de déplaire à Louisa ; mais le peu de
mots échappés au capitaine Grady,
remplirent son esprit d'une infinité
d'idées contradictoires les unes aux
autres. Chaque moment augmentait
la bonne opinion qu'elle s'était formée d'abord de Dillon ; il était beau,
aimable, sensible. C'est ainsi du
moins que le voyait Louisa, qui découvrit tout-à-coup en lui une subli-
mité de caractère dont elle était
étonnée de ne s'être pas apperçue
jusqu'alors.

Au sortir du spectacle, on revint
au Buisson ; on soupa, et après le
repas, Louisa se leva pour se retirer.
Les capitaines Grady et Macdonnell
lui souhaitèrent respectueusement le
bonsoir ; mais la main de Dillon, qui

pressa doucement la sienne, lui occa-
sionna une sensation bien plus vive.
Malgré la fatigue du voyage, et l'inquiétude où elle devait naturellement
être sur son sort à venir, Dillon était
le premier objet de ses pensées, ou
plutôt les absorbait en entier. Après
une nuit for agitée, elle se leva de
bonne heure, et descendit dans la
salle, comptant y déjeûner seule;
mais à son grand étonnement, elle y
trouva ses trois amis qui avaient
changé l'heure de leur départ pour
Bath. La distance étant si courte,
ils avaient été forcés d'attendre où
ils étaient, le tems convenable pour
pouvoir arriver avec éclat au Cerf
blanc ; et c'est à cette importante
considération que miss Sydney était
redevable de quelques heures de plus
de leur société.

La matinée étant froide et humide,
ces

ces messieurs eurent envie d'aller au
billard ; mais la politesse exigeait
que l'un d'eux restât avec miss Serlby,
et on devine aisément que ce fut le
capitaine Dillon. Il saisit cette occasion pour se plaindre de ce que sa
position ne correspondait pas à ses
sentimens qui, s'il n'écoutait qu'eux,
l'engageraient à se jeter à ses pieds ;
mais il était cadet, et s'il n'avait pas
tant dépensé dans sa jeunesse, il pourrait vivre fort heureux avec une
femme de son choix. Il ne lui fit pas
la moindre question sur sa fortune ;
car était-il possible qu'une jeune personne qui valût la peine qu'on s'ocu-
pât d'elle, voyageât seule dans une
voiture publique ? Non, sa vanité
était flattée des marques de préfé-
rence qu'elle lui avait données ; mais
il n'avait eu d'autre projet que de
s'amuser et d'étaler ses grâces pen-

dant une soirée ; et dans le tems même où il fixait les yeux sur Louisa, d'un air de tendresse et de regret de la quitter, il songeait à l'héritière qu'il comptait trouver à Bath, et aux jeunes étourdis qu'il espérait faire tomber dans ses piéges.

Il n'en était pas de même de Louisa. Son cœur avait reçu une première impression, et elle ne soupçonnait pas la duplicité de Dillon. Elle applaudissait à sa candeur ; elle aurait voulu posséder toutes les richesses du monde pour pouvoir les lui offrir ; et comme elle avait dit exprès à déjeûner, qu'elle attendait des lettres adressées poste restante, elle était persuadée que deux jours ne se passeraient pas sans qu'il profitât de cette ouverture pour venir l'assurer que leur séparation lui avait fait autant de peine qu'à elle-même.

Dès que les Irlandais furent partis,
Louisa s'occupa de trouver un loge-
ment. On lui en indiqua un qui lui
parut convenable , et où elle se détermina à s'établir , au moins pour le
présent. Elle fit marché avec la servante de la maison pour qu'elle la
servit , et comme elle témoigna ne
vouloir voir personne , elle passa plusieurs semaines sans recevoir une
visite. Elle avait la constance d'aller
tous les jours à la poste dans l'espoir
de trouver des lettres de Dillon ;
mais tous ses pas furent inutiles. Elle
avait eu souvent envie d'écrire à son
père, et elle aurait bien voulu savoir
des nouvelles de sa tante ; cependant
elle n'avait pas encore pu prendre
sur elle de mettre la main à la plume ,
quand le retour du printems lui fit
naître l'idée qu'une rue aussi étroite
que celle qu'elle habitait , pouvait

être préjudiciable à sa santé ; d'ailleurs
les gens de la maison, quoique civils et
attentifs, manquaient de ce vernis
de politesse qui peut seul rendre une
société agréable ; elle leur donna la
première raison, comme la seule qui
l'engageait à les quitter. Elle ajouta,
qu'après s'être promené comme il
lui arrivait fréquemment dans les su-
perbes jardins de lord Clifford, à
Kings Weston, elle avait été jusqu'au
charmant village de Shirehampton,
où elle avait vu sur une jolie petite
maison un écriteau qui annonçait
qu'elle étoit à louer. Elle était convenue de prix avec le propriétaire, et le
marché était fait sous condition que
les informations qu'il prendroit dès
le lendemain sur son compte seraient
satisfaisantes.

Son hôtesse ne trouva rien à ob-
jecter à ce plan, que le chagrin

qu'elle avait de se séparer de Louisa.
Celle-ci en fut aussi affectée ; mais
comme leur connaissance n'était pas
ancienne, cette impression ne fut pas
de longue durée ; la bonne dame
était toute la journée trop occupée
de son ménage, pour pouvoir sacrifier une partie considérable de son
tems à sa locataire.

L'habitant de Shirehampton eut
lieu d'être content du résultat des informations qu'il prit sur Louisa ; il la
mit donc en possession de sa maison :
elle passa la plus grande partie de
l'été dans ces promenades solitaires
qui fournissent à l'esprit les moyens
de méditer et de s'instruire ; et se dé-
vouant entièrement à la retraite, elle
trouva dans la société de ses livres,
ces plaisirs purs que le superbe hôtel
de Grosvenor-Square n'avait jamais
pu lui procurer.

Elle songeait à son père dont elle n'avait payé les bontés que de la plus noire ingratitude, à sa tante dont les mauvais conseils l'avaient perdue, mais qui peut-être alors était, comme elle, errante et isolée, et quelquefois, peur ne pas dire souvent, au capitaine Dillon qui avait si artificieusement allumé dans son sein la passion la plus vive, pendant que le sien avait conservé la plus absolue insensibilité. Ces pensées lui faisaient sentir combien il y a peu de bonheur ici bas. Elle commença à s'appercevoir que la vérité est généralement la dupe de la fausseté ; et en renonçant à ses sentimens favorables pour Dillon, elle s'imagina follement qu'elle renonçait à l'univers entier.

CHAPITRE VIII.

Autre continuation.

PLUSIEURS mois s'écoulèrent sans
que la situation de Louisa éprouvât
le moindre changement. Un beau
jour d'automne, elle avait passé le
bac pour aller se promener au petit
village de Pill, et elle reprenait le
chemin de chez elle, quand elle apperçut quelques personnes à la porte
de *Lampligthers-Hall* : un homme
dont elle crut se rappeler la figure,
se détacha, et l'appelant par son
nom, il lui demanda à quel heureux accident il devait une aussi
agréable rencontre ? Louisa aurait
bien voulu l'éviter, mais elle réflé-
chit qu'il était nécessaire qu'elle lui
apprît qu'elle avait changé de nom,

I 4

et de le prier de cacher le véritable,
parce qu'autrement elle perdrait la
considération dont elle jouissait dans
le voisinage, et passerait pour une
aventurière : ils étaient alors à quelques pas de chez elle ; elle l'engagea
à entrer, et sut bientôt que c'était
une ancienne connaissance de sa
tante ; il connaissait aussi un peu son
père ; il avait une fortune honnête,
et il lui sembla qu'il jouissait d'une
bonne réputation. L'idée de trouver
une personne avec laquelle elle put
s'entretenir de sa famille, sur laquelle elle était contrainte depuis
si long-tems de garder le silence,
et qui l'avait connue dans des tems
plus heureux, était une consolation pour la pauvre Louisa, et
elle n'hésita point à lui faire part de
tout ce qui lui était arrivé depuis
qu'elle avait quitté sa tante.

M. Johnstone l'écouta avec attention, lui promit de ne point trahir
son secret, et prit congé d'elle en
lui disant qu'il était engagé avec le
reste de sa compagnie à faire un
tour dans le pays de Galles ; il l'assura que son voyage ne serait pas long,
et qu'à son retour il passerait par
Bristol, afin de consulter avec elle
sur les moyens les plus efficaces pour
la rendre à ses amis et à la société.

Il n'y avait que quelques minutes
que M. Johnstone l'avait quittée,
quand elle reçut une lettre de lui : il
lui mandait que, devinant le mauvais état de ses finances, il prenait
la liberté de lui envoyer deux billets
de banque de cinquante livres sterling chacun, dont il la priait de
faire usage jusqu'à l'époque où elle
pourrait lui rendre une somme beaucoup plus forte qui serait toujours à

ses ordres. Elle fut extrêmement
touchée d'une pareille générosité ; la
crainte de manquer d'argent était
une des idées qui la tourmentaient davantage , et c'était une des princi-
pales raisons qui l'avaient empêchée
d'écrire à son père. S'adresser à lui
après ce qui s'était passé , aurait eu
un air d'intérêt qui répugnait à l'âme
généreuse de Louisa.

Ce secours inattendu vint bien à
propos ; il ne lui restait pas vingt
guinées , et elle avait plus d'une fois
songé sérieusement à s'offrir comme
institutrice dans une école célèbre ;
un certain amour-propre l'avait re-
tenue jusqu'alors. Elle avait été assez
heureuse pour trouver un ami , et
elle attendait son retour avec cette
tendre impatience , si naturelle à un
cœur sensible et reconnaissant , qui
connaît tout le prix d'un bienfait

et desire ardemment d'exprimer sa gratitude.

M. Johnstone revint à Shirehamp-ton quelques jours plutôt qu'il n'avait fixé. Il arriva de bonne heure, et Louisa l'engagea à passer la journée avec elle ; une âme honnête pousse ai-sément la confiance jusqu'à l'impru-dence. L'idée qui tenait le premier rang dans son esprit, ne manqua pas de trouver place dans les explications qu'elle eut avec M. Johnstone sur son histoire. Il la questionna sur l'état de son cœur ; et avec toute la candeur de l'innocence, elle convint qu'un objet avait fait impression sur elle, sans calculer les suites que pouvait avoir cet aveu. Apprenant toutefois que sa liaison avec Dillon n'avait pas duré trois jours, M. Johnstone se crut autorisé à lui représenter com-bien sa situation était peu conve-

nable et à lui remontrer la nécessité
d'en changer , quand ce ne serait
que pour sauver les apparences ; il
finit par lui offrir sa main et sa fortune.

Louisa n'était point préparée à
une pareille déclaration ; elle demanda du tems pour réfléchir sur une
proposition si importante pour son
bonheur à venir : en prenant congé
d'elle le soir , il lui dit que son intention était d'aller passer quelques
jours à Bath , et qu'il espérait qu'elle
voudrait bien lui faire une réponse
définitive à son retour.

Dès-qu'il fut parti , Louisa réflé-
chit sur tout ce qu'il lui avait dit :
sa générosité désintéressée, la cer-
titude de s'assurer un protecteur pour
le reste de sa vie, et la perfidie de
Dillon , tous ces motifs plaidaient
fortement en faveur de Johnstone.

Elle aurait bien voulu qu'il consentît à rester simplement son ami ; des nœuds plus étroits répugnaient à son inclination ; mais enfin des réfléxions sérieuses sur la position dans laquelle elle se trouvait , isolée et sans amis, la déterminèrent; elle résolut de chasser de son esprit un homme qui s'était montré indigne d'elle , de combattre ses sentimens et d'accepter les offres de M. Johnstone.

Il la trouva décidée à son retour ; et peu de tems après ils furent unis dans la cathédrale de Bristol. En approchant de l'autel , Louisa jeta tristement un coup-d'œil sur le monument de mistriss Mawson. Elle avait encore dans sa poche le commencement de l'épitaphe. Elle n'était pas revenue depuis ; les cœurs sensibles pourront en expliquer la raison.

M. et madame Johnstone ne restèrent que quelques semaines à Shirehampton ; il lui proposa alors d'aller avec lui dans le pays de Gailes, et
il la conduisit dans cette partie froide
et aride du comté de Pembrock, où
des torrens se précipitent sans cesse
du haut des montagnes qu'ils dé-
pouillent. C'est dans ce pays affreux
que la pauvre Louisa, qui était naturellement gaie et de bonne humeur, se vit condamnée à passer ses
jours dans la solitude, et à pleurer
sur le choix qu'elle avait fait.

M. Johnstone avait dévoilé son
véritable caractère ; il était avare,
bourru et impérieux : il ne voyait
d'autre compagnie que quelques capitaines de vaisseaux marchands.

Le contraste entre la vie que Louisa
avait menée autrefois et celle à laquelle elle était présentement réduite,

était trop frappant pour ne lui pas
faire désirer un milieu entre ces
deux extrêmes ; mais hélas ! ses
souhaits étaient inutiles. Elle n'osait
pas en faire part à son tyran ; et
même quand elle les lui aurait com-
muniqués, à quoi cela lui aurait-il
servi ? il lui reprochait souvent
et bassement son inclination pour
Dillon ; et ne sentant pas que c'était
à lui seul qu'il aurait dû attribuer
l'état d'abattement dans lequel il la
voyait, il l'attribuait à ce qu'il appelait , avec fureur « cette indigne
passion. »

Cette misérable existence durait
depuis près de deux ans , et M.
Johnstone n'avait pas encore rempli
sa promesse d'écrire à l'amiral pour
implorer le pardon de sa fille. Louisa
ne savait pas son motif pour en agir
ainsi ; il en avait un très-puissant.

Son père avait été la plus grande
partie de sa vie trésorier sur un vaisseau de guerre, et avoit amassé une
fortune considérable. Il avait pré-
senté son fils à l'amiral Sydney, dont
la recommandation lui avait procuré
un emploi semblable à celui de son
père. Son insolence et sa brutalité le
firent si généralement détester sur
le premier vaisseau qu'il monta, que
le capitaine, craignant que son équi-
page ne se mutinât, fut obligé de pro-
mettre qu'il enverrait Johnstone à
terre à la première occasion, ce qui
fut fait.

Irrité d'un traitement qu'il avait
cependant si bien mérité, il revint
en Angleterre, et la mort de son père
qui arriva peu de tems après son retour, le mit en possession de toute sa
fortune. Le hasard lui ayant un jour
fait rencontrer l'amiral Sydney,
il

il lui fit une quantité de mensonges
sur son ancien capitaine, auxquels
l'amiral répondit en le priant de vouloir bien se dispenser de s'adresser
dorénavant à lui et de le prendre
pour son confident; le capitaine dont
il parlait, était non-seulement re-
commandable par sa naissance,
mais encore généralement aimé pour
la douceur de son caractère, et un des
officiers les plus braves et les plus
distingués de la marine. Après cette
leçon sévère, M. Johnston n'eut
d'autre parti à prendre que de faire
une profonde révérence que l'amiral
lui rendit à peine ; et depuis ce
moment, Sydney ne daigna jamais
lui parler, quoiqu'il le rencontrât
souvent.

Dans cet état de choses, il n'était
pas très-probable que l'amiral vou-
lût reconnaître et traiter M. Johns-

ton comme son gendre. Celui-ci le
sentait bien, et loin de faire là-dessus
aucune démarche, il désirait que
Sydney continuât à ignorer son mariage, dans la persuasion que s'il venait à l'apprendre, il ferait en sorte
de le priver de son héritage et qu'il
le laisserait en entier à la disposition
sa fille. Il trouvait que de voir sa
femme indépendante serait plus mor-
tifiant pour lui que sa situation actuelle. Il se détermina à régler la
dépense particulière de Louisa d'a-
près sa pauvreté personnelle , et,
quoique pour satisfaire ses goûts, il
tînt une bonne table, et vécût fort
bien d'ailleurs , cependant il la res-
traignait dans tout ce qui ne le regardait pas lui - même , de manière
qu'elle avait plutôt l'air d'une première servante que d'une femme
comme il faut , caractère dont elle

ne s'était jamais départie que dans une seule circonstance , celle qui avait uni son sort au sien.

Madame Johnstone était alors fort avancée dans sa grossesse , et son mari l'informa qu'il était obligé d'aller passer un mois à Londres ; elle lui demanda avec instance la permission de l'accompagner , mais il fut sourd à ses sollicitations : il partit le lendemain , et lui laissa la somme *énorme* de dix guinées , sans aucun égard pour les dangers de son état, sans une amie pour la consoler , et sans même lui avoir arrêté une garde.

Presque réduite au désespoir par la bassesse et la cruauté de cet homme méprisable, elle eut la patience de rester encore chez lui une semaine après son départ ; mais enfin elle forma la résolution de s'échapper

clandestinement. Au commencement
de son mariage, dans le tems de sa
générosité, M. Johnstone avait donné
à sa femme une somme considérable pour s'acheter des robes et les
autres choses dont elle pouvait avoir
besoin. Elle n'avait employé qu'une
petite partie de cet argent , et avait
serré le reste en cas de besoin pour l'a-
venir ; il lui parut dans ce moment
que c'était la providence qui lui avait
inspiré cette précaution. Elle courut
à l'armoire où son trésor était déposé,
le compta , et trouva qu'elle possédait près de deux cents guinées.

Elle résolut de voyager de la manière la plus économique , de cacher
son vrai nom, pour tâcher de se sous-
traire aux poursuites de son tyran,
et d'aller à Londres afin de se procurer, s'il était possible, des nouvelles
de son père et de sa tante. Arrivée

à Malborough , elle ne se sentit pas
la force d'aller plus loin , et après
avoir resté deux ou trois jours à l'auberge , dans l'espoir qu'elle se trouverait mieux , elle fit la réflexion
que dans sa position actuelle , une
entrevue avec son père pouvait être
suivie des conséquences les plus
fâcheuses pour elle , et qu'elle aurait un double droit à sa pitié et
à sa tendresse , quand elle se pré-
senterait devant lui avec son enfant.

Epuisée par le chagrin et l'inquiétude , elle prit le parti de chercher
quelque retraite écartée , paya ce
qu'elle devait à l'auberge , et se traîna
jusqu'à la forêt à l'entrée de laquelle
elle s'assit excédée de fatigues. A peu
de distance étaient quelques chau-
mières éparses çà-et-là.

Elle s'imagina qu'elle pourrait trouver dans quelqu'une de ces habita-

tions un asile sûr pour faire ses couches. Elle eut beaucoup de peine à se
rendre jusque là , et le premier objet
qui se présenta à ses yeux était de nature à lui faire oublier ses maux pour
prendre part à ceux d'autrui. Une
femme proprement mise tremblait
de tous ses membres, tandis que son
mari, le bras levé, vomissait contr'elle les injures les plus grossières
accompagnées de sermens exécrables, parce qu'il l'avait surprise donnant quelques restes de viande à une
bohémienne , pour qu'elle lui dît sa
bonne aventure ; il l'assurait que si
jamais il trouvait de pareilles figures
à sa porte , elle pouvait faire son
paquet et décamper.

Louisa , qui était naturellement
douce , et qui savait supporter avec
patience les mauvais traitemens ,
était hardie et courageuse quand elle

voyait d'autres qu'elle , victimes de
la tyrannie. D'un ton fait pour inti-
mider le vice, elle, ordonna à cet
homme de finir , en ajoutant que s'il
continuait ses manières brutales ,
elle retournerait sur le champ à Malborough , pour y dénoncer au ma-
gistrat ce dont elle avait été témoin ,
et qu'elle ne doutait pas que sa conduite ne reçût le châtiment qu'elle
méritait, car les législateurs avaient
trop senti combien les femmes
avaient besoin de protection pour
ne pas leur assurer des moyens de
vengeance.

· La lâcheté accompagne toujours
la tyrannie. L'ombre seule du courage la fait frémir ; et connaissant
sa propre difformité , quelque soin
qu'elle prenne pour la cacher , elle
craint que les autres ne la découvrent.
C'était précisément le cas dont il est

question. Luc Thompson était dans
l'habitude d'examiner ce qu'étaient
devenus ses voisins, avant de commencer à quereller sa femme, et il ne
se hasardait jamais à la maltraiter ,
avant qu'ils ne fussent sortis pour
aller à l'ouvrage, ou qu'ils ne fussent
couchés et endormis ; et si par hasard
la pauvre Martha, qui était l'honnêteté même , faisait quelque confi-
dence à l'un d'eux , il prenait le ton
le plus lamentable pour se plaindre
du caractère indomptable de sa
moitié et certifier sa propre innocence ; mais quand quelque parent
de Martha venait de Malborough pour
la voir, son mari faisait le plus grand
éloge d'elle, et vantait son bonheur
d'avoir une femme aussi parfaite.

La paix rétablie dans le ménage,
Louisa , qui n'en pouvait plus de fatigue , demanda à Martha si elle
pouvait

pouvait lui enseigner quelqu'endroit
dans le voisinage où elle pût rester
décemment jusqu'à ce qu'elle fût
accouchée ; elle lui dit que son mari
venait de s'embarquer ; qu'après
l'avoir quitté, elle s'était mise en
route pour retourner dans sa famille,
mais que l'état de sa santé l'avait
empêchée d'aller plus loin. Sa pâleur
et son air abattu étaient faits pour
confirmer la vérité de ce qu'elle
avançait ; mais elle y ajouta un ar-
gument bien plus puissant pour Luc
Thompson. Elle sortit une bourse
contenant quelques guinées ; elle
avait peur qu'on ne la prît pour
une aventurière qui cherchait à se
cacher par de mauvais motifs, et
peut-être à duper de pauvres malheureux. Pour prévenir de pareils
soupçons, elle crut nécessaire d'a-
jouter qu'elle avait entre les mains

d'un banquier de Bristol, une somme
suffisante pour fournir abondam-
ment aux frais de ses couches, mais
que pour des raisons de famille qu'elle
pourrait leur expliquer un jour, elle
désirait n'être pas connue.

Des considérations bien différentes
se présentèrent à l'esprit de Thompson
et de sa femme. Le premier, songeant
à la bourse de la dame, et voyant
la manière dont elle était vêtue,
s'occupait du profit qu'il aurait à la
loger chez lui ; Martha était guidée
par un autre motif, l'air de dignité
avec lequel la dame s'était adressée
à son mari, et qui l'avait intimidé,
lui faisait croire qu'elle trouverait
dorénavant une protection contre la
violence dont elle avait si souvent
éprouvé les effets, et qu'une pareille
locataire lui donnerait une certaine
importance dont elle était flattée.

Cependant Louisa, qui s'était jetée sur un siège sans qu'on le lui eût offert, et avait bu un verre d'eau dont elle avait grand besoin, se leva pour sortir en disant qu'elle était si lasse qu'elle voudrait bien trouver une retraite pour la nuit ; qu'elle comptait s'en retourner le lendemain à Malborough, et continuer ensuite, s'il lui était possible, son voyage pour Londres.

Martha, d'après le désir de son mari, la mena dans une chambre haute qui était meublée proprement, quoique très - simplement. Le lit, qui n'avait d'autre mérite que la propreté, avait été, lui dit-elle, dernièrement occupé par une de ses jeunes parentes, hors de condition, qui était allée à Bath. Louisa n'hésita pas à accepter leurs offres pour cette nuit ; et un cabaret voisin lui

fournit les petits secours qui sont si
agréables, quand la nature est épuisée; un sommeil profond et salutaire
la délassa de ses fatigues de corps et
d'esprit; et le matin son hôte la reçut
avec un air riant et gracieux : s'il
n'avait pas fait les premières avances, il est probable que Louisa aurait quitté sa maison , et se serait
de nouveau exposée aux dangers
d'une vie errante , quoiqu'elle ne
désirât que le repos et la tranquillité. Mais il lui demanda poliment
si elle voulait se contenter de la chère
grossière à laquelle sa femme et lui
étaient accoutumés, l'assurant qu'il
lui procurerait de Malborough tout
ce qu'elle pourrait désirer ; qu'il y
avait dans cette ville plusieurs *bons
docteurs*, et que dans le voisinage
ils avaient une vieille femme qui
était *fameuse* en pareil cas , et qui

ferait de son mieux auprès de madame, toutes les fois qu'elle la ferait
demander.

Louisa avait déjà pris du goût
pour la forêt: ses sites romantiques
qui avaient peu de charmes pour
ses habitans, présentaient à ses yeux
des beautés merveilleuses, et chacun de ses chênes majestueux lui
semblait un protecteur sacré. La
maison dans laquelle elle était éta-
blie, était à l'entrée de cette belle
avenue, distinguée par le nom de
Savernake, qui mène au superbe
château de lord Aylesbury. Elle
songeait d'avance au plaisir qu'elle
aurait à se promener dans cette magnifique allée; et quoiqu'elle eût
d'abord de la peine à se faire à
l'idée de vivre avec Luc Thompson
et sa femme, elle sentit qu'une situation qui lui assurait la paix et

le repos, sans lui ôter la liberté, était infiniment préférable au parti qu'elle serait autrement obligée de prendre de se tenir renfermée jusqu'après ses couches, et d'exposer peut-être par cette vie sédentaire son existence et celle de l'être qu'elle portait dans son sein. Elle accepta donc l'offre de Thompson, et remit quelque argent à Martha, qui, charmée de la commission, l'exécuta promptement, et revint de Malborough avant l'heure du dîner, chargée de tout ce les circonstances présentes demandaient.

CHAPITRE IX.

Continuation de l'Histoire de Louisa.

LE PAYSAN.

LOUISA passa ainsi près de deux mois dans un état de chagrin et de tristesse que rien ne pouvait alléger. Elle tâchait de se plier au ton des gens grossiers avec lesquels elle vivait; elle était reconnaissante de leurs attentions; elle aurait voulu pouvoir leur en donner des témoignages infiniment plus forts que l'état actuel de ses finances ne pouvait le permettre; mais il lui semblait que le ciel même l'avait abandonnée; elle sentait tout le poids de l'isolement dans lequel elle se trou-

vait ; elle crut s'appercevoir qu'elle
était suspecte à ceux mêmes qui
avaient à se louer de ses bienfaits ;
et pour comble de maux, quand
elle descendait dans sa conscience,
elle n'y trouvait que les reproches
les plus amers : la perspective qui
se présentait à ses yeux ne lui offrait
pas la moindre ressource. Tantôt
dans l'excès de sa douleur et de
l'affliction, elle se tordait les bras
en versant des torrens de larmes,
puis après s'être un peu calmée,
elle allait aider Martha dans les
soins de son ménage ; tantôt se
promenant d'un pas précipité qui annonçait le désordre de ses idées, elle
se rappelait ses premières années,
et l'époque fatale qui paraissait avoir
mis un terme au bonheur qu'elle
aurait pu espérer dans ce monde.

Telle fut l'existence malheureuse

et agitée de mistriss Jonhstone , jusqu'au moment qui la rendit mère
d'un beau garçon. Pour rendre justice à Luc Thompson , depuis que
Louisa était chez lui, il avait eu pour
elle toutes sortes d'égards,et soit qu'il
fût guidé par l'intérèt ou par l'humanité, ses attentions firent sur elle
une impression dont les âmes tendres et sensibles sont seules suscep-
tibles.

Elle fut pendant quelques heures
entre la vie et la mort. La jeunesse
et la force de sa constitution prirent
enfin le dessus, la vieille sage-femme
fut assistée par un très-bon chirurgien de Malborough , dans cet instant critique qui devait prolonger ou
terminer la vie de mistriss Jonhstone. Si elle n'avait couru que les
dangers qui accompagnent ordinairement un accouchement , cette

aimable mère aurait pu épargner à
l'auteur le chagrin d'avoir à décrire
sa triste fin, mais les tourmens de
son âme aggravaient cruellement ses
maux ; elle n'avait plus la force
de résister aux sentimens qui l'agi-
taient. Eile regardait Martha comme
un ange tutélaire qui prenait pitié
de ses peines, mais qui n'avait pas
le pouvoir de les adoucir; elle lui attribuait toutes les qualités qu'elle trouvait en elle-même, et se faisait un
plaisir de compter sur son honnêteté.

Louisa, dès son enfance, avait eu
une propension à la superstition,
qui avait été encore augmentée par
ses malheurs; et elle avait cru voir du
merveilleux dans les évènemens les
plus simples qu'avaieut nécessairement entraînés les différens change-
mens de situation qu'elle avait éprouvée dans les derniers tems. Regar-

dant Martha comme l'être désigné
par le ciel pour veiller sur son fils,
elle le confia à ses soins. Dans la crainte d'une fin prochaine, elle pensait
aux malheurs qui devaient l'accompagner dès le berceau, à la honte de
sa naissance, et à l'esprit vindicatif
de son mari qui probablement ferait
tomber sur lui le poids de sa vengeance, qu'il ne pourrait plus exercer sur sa mère. Quand en oppo-
sition à ces réflexions déchirantes,
elle songeait que son enfant était
le petit-fils de l'amiral Sydney, un
rayon de lumière semblait percer
le nuage sombre dont elle était enveloppée, et un espoir faible, mais
consolant, lui représentait Martha
déposant son enfant souriant aux
pieds de son père ; son cœur bat-
tait de joie à cette idée ravissante,
et elle résolut de montrer à Martha

une confiance sans bornes. Profitant
donc de l'absence de Luc, qui ne
devait pas rentrer de quelques heures, elle dit à sa femme :

« Je crois, Martha, que je puis
compter sur votre amitié et sur vos
soins pour mon fils ; un secret de
la plus grande importance pèse sur
mon cœur, et je veux vous le confier ; dites-moi, Martha, me pro-
mettez-vous de ne pas le révéler ? »

Oui certainement, répondit
Martha.

Je ne suis point un être absolument isolé, comme j'ai pu vous le
paraître, reprit Louisa ; je suis riche,
et j'ai des amis puissans qui vous
récompenseront suivant la manière
dont vous en agirez avec moi.

Ce début insposant inspira à
Martha du respect pour la malade,
dont une fièvre brûlante animait le

teint et les traits. Louisa serrant tendrement son fils dans ses bras, le
baigna de ses larmes, et le remettant à Martha : Soyez témoin, dit-
elle, qu'Alfred est le nom qu'il re-
çoit ; répondez pour lui devant son
dieu, comme vous répondrez pour
vous-même, quand ce même dieu
vous appellera à lui. Souvenez-vous
des dernières volontés d'une mère
mourante.

Une mère mourante, s'écria Martha, avec frayeur et étonnement.

Oui, Martha, reprit Louisa, oui,
je le repète, mourante, parce que ..
mais dites-moi, Martha, croyez-
vous aux songes ?

Très-certainement, j'y crois, répondit Martha, je me souviens....
il y a environ douze ans....

N'importe,dit Louisa en l'interrom-
pant, c'est peut-être une faiblesse,

mais je suis bien aise que vous pen-
siez comme moi. Ce que j'ai à vous
dire ne vous paraîtra pas ridicule,
et au contraire fera sur vous l'effet
qu'il doit faire. Quant à moi, je n'ai
jamais eu un rêve qui ait fait quelque impression particulière sur mon
esprit, sans que l'évènement ne l'ait
justifié. Mais pourquoi parler de
songes ? Ce que j'ai à vous raconter,
Martha, est plutôt une vision.

Une vision ! quoi ? dans *notre*
maison, Madame, dit Martha ?

Ici même, répondit Louisa, et
peu de tems avant la naissance de
ce cher enfant.

Oh ! dit Martha, dans ces tems-
là les songes sont toujours vrais et
les visions doivent l'être dix fois
davantage.

Eh bien donc, reprit Louisa, écou-

tez-moi, je vais vous dire ce que
j'ai vu.

Un soir, après m'être promenée
pendant quelques heures dans la
forêt, me sentant fatiguée je m'assis
sous un gros chêne, la tête appuyée
contre le tronc couvert de mousse.
Les rayons du soleil couchant per-
çaient à travers les feuillages des ar-
bres qui m'environnaient. Étant tom-
bée dans un spècee d'assoupissement,
je crus voir le soleil se coucher, la lune
se lever, et des millions d'étoiles bril-
ler dans le firmament ; je considérais
attentivement la lune que j'ai toujours beaucoup aimée, il me semblait que je ne l'avais jamais vue si
belle, et sa lumière ne m'avait jamais parue si douce, quand tout à
coup, à mon grand étonnement,
elle prit la figure d'une jeune femme
qui était absolument mon portrait,

et se trouva , pour ainsi dire , en-
tourée d'un cercle d'étoiles. Ce spectacle était délicieux. Mais bientôt
je remarquai que les étoiles dispa-
raissaient les unes après les autres ,
jusqu'à ce qu'enfin il n'en resta plus ;
et la figure privée de leur éclat n'offrait plus qu'une femme pâle et pen-
sive gardant toujours ma ressem-
blance. Tout à coup il survint un
nuage épais qui la plongea dans les
ténèbres , et quand il fut passé , il ne
resta plus qu'une pauvre petite étoile ,
qui semblait diriger sur moi sa faible
lumière , et qui , à la fin se détachant
du ciel , descendait vers le lieu où
j'étais. Je fus réveillée dans ce moment, par le bêlement d'un agneau
qui avait perdu sa mère. Maintenant , Martha , je n'ai pas besoin de
vous ire ce que je crois que tout
cela signifie. Je suis toute préprée ;

si

si c'est un avertissement , la volonté de Dieu soit faite ! si ce n'est qu'un écart de l'imagination , il a eu le bon effet de me montrer la nécessité de m'ouvrir à vous , afin que , quelque chose qui arrive , ce cher et malheureux enfant ne reste point abandonné sur la surface de la terre sans avoir personne qui puisse déclarer ce qu'il est. Mais vous êtes sûrement fatiguée, Martha , demain vous en apprendrez davantage.

Louisa, après avoir ainsi préparé l'esprit de Martha , lui raconta le lendemain toutes les circonstances de sa vie si fertile en événemens. Elle reçut sa parole formelle de ne jamais dire qui elle était , qu'à son père , dans le cas où elle le verrait : Martha lui donna les assurances les plus consolantes , et prit l'engagement de ne rien négliger pour tâcher

de trouver l'amiral. L'arrivée de
M. Munro, le chirurgien, mit fin à
la conversation. Il fut convenu qu'Alfred serait porté le lendemain matin
à la paroisse pour y recevoir le bap-
téme, et que M. Munro et Martha
seraient parrain et marraine. Louisa,
épuisée de fatigue, tomba bientôt
dans un profond sommeil et se réveilla quelques heures après, avec
une fièvre violente, et d'autres symp-
tômes allarmans.

M. Munro venait la voir assidû-
ment et avec le plus grand intérêt;
il aurait bien voulu savoir le nom et
l'état de la belle étrangère; mais il
était naturellement trop modeste et
trop discret pour vouloir satisfaire
sa curiosité aux dépens de la tranquillité d'autrui. Il avait précé-
demment fait quelques questions à
Martha, sur ce qu'elle connoissait

de cette dame ; mais elle ignorait alors toutes les circonstances dont elle était actuellement si bien ins- truite ; et depuis qu'elle les avait ap- prises , il ne l'avait plus questionné.

Le lendemain le jeune Alfred fut admis dans le sein de l'église angli- cane. C'était un de ces jours où la na- ture paraît être en guerre intestine , et où les cieux embrâsés semblent menacer les habitans de la terre d'une destruction totale. A peine les person- nes qui apportaient l'enfant percé par la pluie qui tombait en torrens , étaient entrées dans l'église , qu'un coup de tonnerre ébranla l'édifice jusque dans ses fondemens , et que la lumière de l'éclair vint frapper le livre saint. Martha effrayée , trem- bla au souvenir de la vision de la forêt. M. Munro, qui n'était pas ab- solument exempt des superstitions

M 2

qui règnent dans le nord de l'Ecosse, augura quelque affreux mystère relatif à la naissance du nouveau baptisé. Ils furent obligés d'attendre près d'une heure à l'église ; le curé dont la maison était très-proche, et qui n'était point doué de cette humanité qui devrait être le trait caractéristique de ses fonctions sacrées, ne daigna pas s'occuper d'eux, dès qu'il eut reçu son salaire ; et le sacristain, suivant le louable exemple de son pasteur, la clef à la main, témoignait par sa posture, son empressement de les voir sortir pour pouvoir fermer la porte.

M. Munro, qui avait une visite à faire à un malade de Malborough, ne put pas reconduire Martha chez elle ; mais il lui promit que le mauvais tems ne l'empêcherait pas de s'y rendre de bonne-heure dans l'après

midi. Martha s'approcha du lit avec
l'enfant, mais quel fut son étonnement
de le trouver vide ! Elle avait prié
Luc de rester à la maison jusqu'à son
retour ; mais ce monstre insensible ,
dont le cœur était fermé à tout sentiment de pitié, avait vu avec jalousie
les entretiens entre sa femme et Louisa, desquels il avait été exclus ; et les
gémissemens de la pauvre mou-
rante auraient flatté ses oreilles , s'ils
avaient pu pour un seul moment
contribuer à satisfaire ses désirs.

Il est plus aisé de concevoir que de
décrire la surprise et l'épouvante de
Martha en trouvant sa maison ainsi
déserte. Elle conçut aussitôt les idées
les plus sinistres. Elle porta Alfred
dans une maison voisine , et se mit
en toute diligence en quête de la
malheureuse fugitive. Elle avait tra-
versé la forêt en différentes direc-

tions, sans savoir à peine où elle
allait, quand tout à coup elle se souvint d'un étang qui était à peu de distance, et tourna de ce côté, comme
par instinct ; en approchant, elle
apperçut quelque chose de blanc,
étendu sur le bord de l'eau, et ses
craintes parurent vérifiées. Frappée
de terreur, et hors d'haleine, elle
précipita ses pas vers cet objet im-
mobile, et avec un mélange d'horreur et de joie, elle trouva Louisa
étendue, sans connaissance et sans
mouvement. Martha poussa un cri
perçant qui fut heureusement entendu par un jeune paysan qui la
connaissait, et qui l'aida à porter
l'infortunée Louisa à la maison. La
pluie avait percé le peu de vêtemens
qu'elle avait sur elle, et que la chaleur de la fièvre tenait encore fu-
mans ; elle fut mise au lit dans le

même état d'insensibilité où elle avait
été trouvée.

L'attentive Martha courut à la
maison où elle avait laissé Alfred ;
et après avoir engagé la femme à
avoir soin de la dame jusqu'à son retour, elle alla à Malborough , où elle
trouva M. Munro montant à cheval
pour venir chez elle. D'après son
rapport , il prit les remèdes qu'il
jugea pouvoir être utiles , et arriva
au moment où Louisa venait d'ouvrir des yeux languissans ; sans pro-
noncer une parole , elle témoigna par
ses regards qu'elle sentait qu'elle
était au milieu de ses amis.

Peu à peu elle recouvra la connaissance , et devint même plus
calme ; la fièvre parut céder pendant
quelques momens, quoique M. Munro
ne donnât point d'espoir. Il dit au
contraire qu'il craignait qu'elle ne

reprit avec plus de violence avant le
lendemain matin , et il indiqua à
Martha ce quelle avait à faire durant
son absence.

Vers le soir , Louisa tendit une
main faible à Martha qui , la pressant doucement , la baigna de larmes
avec l'expression de la compassion la
plus vraie. Pauvre dame ! dit - elle ,
je ne suis pas née d'un haut rang
comme vous ; cependaat je sens que
je voudrais être votre mère , peut-
être seriez-vous plus heureuse.

Retenez vos larmes , ma bonne
Martha , répondit Louisa , et ne
faites point de vœux pour la prolon-
gation de ma malheureuse existence.
Mes chagrins seront bientôt finis, et
vous m'avez promis de protéger ce
pauvre enfant : dès que je ne serai
plus , ne perdez point de tems pour
tâcher de trouver mon père. Votre
barbare

barbare époux y consentira , parce
qu'il ne pourra qu'y gagner , ainsi
que vous-même. Mais, oh ! Martha ,
souvenez-vous bien de ce que je vais
vous dire. Ne souffrez jamais que par
votre moyen , un époux , un père
dénaturé puisse découvrir son enfant. Qu'il soit remis entre les mains
de l'amiral. Par égard pour la mémoire d'une fille qu'il a autrefois
tendrement aimée , il en prendra
soin ; s'il est possible , Martha , restez
avec lui , et quand il sera assez âgé
pour vous comprendre , dites - lui ,
que comme moi , il a perdu dès sa
plus tendre enfance, une mère dont le
bras l'aurait soutenu , dont le cœur
l'aurait chéri , et qui ne désirait de
conserver la vie , qu'autant qu'elle
pouvait lui être utile.

Elle articula avec peine ces derniers mots ; sa tête retomba sur son

oreiller, et Martha crut que c'était
son dernier moment : au bout de
quelque tems cependant , elle se releva un peu , et continua ainsi :

Si je ne vis pas jusqu'à demain ,
vous remettrez ma montre à M.
Munto , comme un faible gage de
ma reconnaissance pour les soins
assidus qu'il m'a rendus avec tant
de bonté ; vous y joindrez dix guinées , vous en trouverez davantage
dans ma bourse. Mon porte-feuille
que je vous prie d'accepter, et dont
je vous engage à dérober la connaissance à votre mari , contient une
somme beaucoup plus considérable,
qui vous donnera les moyens de pourvoir aux besoins de mon enfant, jusqu'à ce que vous ayez retrouvé mon
père ou quelques-uns de ses amis ;
j'espère que le reste suffira pour vous
soutenir , jusqu'à ce que vous rece-

viez la récompense que vous méritez.
Je vous prie aussi d'accepter le peu
d'effets que j'ai avec moi, à l'ex-
ception d'un mouchoir de batiste,
marqué L. S. qui m'appartenait dans
des tems plus heureux, comme la
dernière lettre le prouve ; le portrait
de mon père qui est suspendu à mon
cou témoignera votre véracité ; pre-
nez-le dès ce moment ; dites à celui
qu'il représente que ce tendre et
dernier baiser (ses mains tremblan-
tes tenaient le portrait collé sur ses
lèvres glacées) n'exprime que bien
faiblement l'amour que j'ai toujours
eu pour lui.

Martha prit le portrait et le
porte-feuille, dans la ferme résolution que son mari ne les verrait jamais. Louisa vécut jusqu'au
retour de M. Munro à qui elle remit sa montre et l'argent qu'elle

lui avait déstiné. Elle garda encore
sa connaissance pendant près d'une
heure : elle demanda son enfant
qu'elle embrassa avec tendresse ,
jeta un regard souriant sur Martha qui fondait en larmes ; et prenant la main de M. Munro, qu'elle
tint fortement serrée jusqu'au dernier moment , elle expira sans pous-
ser un gémissement. Ainsi finit à la
vingt-cinquième année de son âge,
l'aimable et infortunée Louisa Johnstone ; et on peut tirer au moins de
sa triste histoire cette instruction :
que c'est au mauvais exemple que
l'on doit attribuer la plus grande
partie des calam'tés qui accompagnent la nature humaine. Louisa ,
avec toutes les grâces du corps et
de l'esprit , avec tous les charmes
de la vertu et de l'innocence , avait
contracté dans la société de sa tante

le goût de la dissipation, et ces penchans qui passent dans le monde
pour des faiblesses, mais que le mo-
raliste plus sévère nomme des vices ;
et à force d'être témoin de tant de
villenies, entraînée par l'exemple,
elle avait fini par en commettre elle-
même. Si elle abandonna sa tante
dans l'infortune, ce fut de peur
d'être obligée de partager sa détresse ; ce n'était pas qu'elle fût
réellement dégoûtée du genre de
vie qu'elle menait, ni qu'elle éprouvât le moindre repentir des extravagances impardonnables qui
avaient tant de fois gêné et désolé
l'amiral. Son union avec M. Johnstone, et le traitement qu'elle éprouva
de lui, sembla être un juste châtiment ; l'idée de son ingratitude
envers son père, pesait souvent avec
force sur son cœur, et ajoutait

N 3

les remords les plus cuisans à la liste nombreuse de ses infortunes.

M. Munro était d'opinion que, sans la cruelle absence de Luc, dans un moment aussi critique, elle aurait pu être tirée d'affaire, et qu'une mort aussi prompte n'était due qu'au froid violent qui l'avait saisie, dans le tems qu'elle avait passé exposée à la pluie pendant son délire. Martha, entendant cela, accusa son mari de la mort de Louisa; et la paix qui n'avait jamais régné pendant trois jours sans interruption dans cette maison, en fut, de ce moment, bannie pour jamais.

Martha, pleine de reconnaissance, donna à M. Munro six guinées qui restaient dans la bourse, en le priant de ne point épargner la dépense pour les funérailles, de manière qu'on rendît tous les honneurs pos-

sibles aux restes d'une dame qui
avait si bien mérité son respect. Luc
était présent à la conversation, et
les mots de *ne point épargner la
dépense*, frappèrent son oreille ; il
demanda si tout l'argent qui restait
devait être employé à des colifichets
pour les morts, au lieu de servir
à payer aux vivans ce qui leur était
légitimement dû, et s'il était juste
qu'il eût nourri cette femme, et qu'il
l'eût vue mourir chez lui, sans qu'il
en eût un sou de plus. M. Munro
répondit à ces propos durs et grossiers, avec la dignité convenable ;
il remit à Luc les six guinées, en
lui disant que la libéralité de la dé-
funte envers lui-même le mettait
dans le cas de n'avoir pas besoin
de recourir *à eux* pour ses *dernières*
dépenses, et que son intention était
de s'en charger entièrement. M.

Munro n'oublia pas de lui rappeler en même tems, que depuis l'heure où cette dame était entrée dans sa maison, elle n'y avait rien laissé manquer, à aucun égard.

L'explication ni le raisonnement ne firent pas le moindre effet sur Luc Thompson; mais les six guinées le mirent en bonne humeur : il consentit que le corps restât chez lui, jusqu'au tems requis pour la cérémonie; et prenant son chapeau, il sortit pour aller se régaler avec ses amis, laissant à Martha le soin de prendre les ordres de M. Munro, pour arranger toutes choses, ainsi qu'il le jugerait à propos.

Luc, qui était dans l'habitude, quand il avait de l'argent, de rester plusieurs jours de suite hors de chez lui, ne revint qu'au bout de la semaine, et le soir même du jour des funérailles. Le corps de Louisa avait été accompagné par M. Munro et par Martha ; la voisine dont nous avons parlé les suivit et porta le petit Alfred jusque sur la tombe de sa mère : il avait treize jours, et fut témoin de cette cérémonie, sans sentir combien elle lui était funeste. Martha était devenue pour lui une seconde mère, et on verra par la suite combien elle mérita ce titre.

CHAPITRE X.

Scènes d'un pays de bois.

LE lecteur s'est déjà formé une
opinion de Luc Thompson, il a vu
que c'était un homme brutal et sans
principes, qui n'avait d'autre guide
que son intérêt, que la crainte seule
empêchait de commettre les actions
les plus atroces, et de faire éprouver dans ses accès de colère, les
traitemens les plus affreux à sa malheureuse femme ; il était détesté de
ceux qui les connaissaient l'un et
l'autre, en proportion de l'estime
qu'ils avaient pour elle ; il est vrai
qu'ils étaient en petit nombre, car
il ne vivait qu'avec tout ce qu'il y
avait de plus abject, et son ambi-
tion était d'en être regardé comme

le chef; il portait au dernier point
la scélératesse , et se livrait à toutes
sortes de vices, mais l'ivresse et la
brutalité étaient ses passions favori-
tes, et tout moyen lui était bon
pour les satisfaire ; il n'avait d'autre moralité que la peur de la po-
tence , et c'était cette crainte seule
qui tenait lieu chez lui de ce respect que ses concitoyens portent généralement aux lois de leur patrie ;
il faut convenir qu'il suivait en cela
l'exemple de beaucoup de gens
d'un rang infiniment supérieur au
sien , et dont les principes et la conduite ne sont pas plus honorables ;
il était coupable de beaucoup de
ces délits , qui , dans l'état su-
balterne où il se trouvait , peuvent
se commettre sans conduire tout à
fait à l'échafaud.

Luc avait habité la capitale, et

n'avait pas tardé à être initié dans
les mystères des différens états qu'il
y avait exercés, comme ceux de valet
d'écurie, de porteur de chaise, de com-
missionaire , et autres également
respectables ; mais d'après l'emploi
déplacé qu'il avait fait de ses talens ,
il n'était jamais resté long-tems dans la
même place, et il avait fini par sentir
qu'il ferait sagement de dire à Londres un éternel adieu. En changeant
de lieu, il se détermina à changer
de conduite , autant que ses penchans irrésistibles pouvaient le lui
permettre , et dans l'état qu'il avait
dernièrement adopté , il passait pour
un assez galant homme , ayant la
plus honnête des femmes , mais con-
servant toujours le plus abominable
caractère. Quand il n'était point
employé à son métier qui était de
travailler aux jardins des proprié-

taires des environs , ou de planter
des haies , et de faire des fossés dans
le voisinage de la forêt , il passait
la plus grande partie de son tems à un
petit cabaret de Malborough, fameux
pour être le rendez-vous de tous les
gens de son espèce , et où il avait
trouvé moyen d'obtenir crédit pour
une somme considérable. Comme
beaucoup de personnes au-dessus de
lui , il aimait à jouer, et payait mal.
Toutes les fois qu'il avait perdu au
jeu , qu'il avait été malheureux dans
ses paris, et qu'on lui demandait de
l'argent qu'il n'était pas en état de
payer, ou quand il avait reçu quelque offense dont il n'avait pas eu le
courage de tirer vengeance, la pauvre
Martha était sûre de ressentir les
effets de sa mauvaise humeur , soit
par des torrens d'injures, soit par le
traitement le plus brutal.

Il s'était conduit avec une décence
extraordinaire tout le tems que
Louisa avait été chez lui, et il est
possible que sa mort eût fait sur lui
une profonde impression. Peu de
tems après ce tragique évènement,
il commença d'un ton doux à entrer
en explication avec sa femme, et
lui demanda ce qu'elle comptait faire
de l'enfant, car, ajouta-t-il, il ne
faut pas songer à se charger des enfans des autres quand on n'a pas de
quoi vivre soi-même. Martha, enchantée du changement qu'elle re-
marquait dans ses manières, et voulant empêcher toute altercation pour
l'avenir, lui dit que la dame lui avait
laissé une somme suffisante pour
subvenir aux besoins de l'enfant
d'une manière convenable, et même
pour les aider à vivre décemment,
sans qu'il fût obligé de travailler au-

tant que ci-devant. Il fut fort satisfait de cet éclaircissement, et continua pendant plus d'un an à se conduire avec beaucoup d'égards pour
sa femme et d'attentions pour l'enfant. Il y avait long-tems que Martha n'avait été si heureuse. Elle s'at-
tacha tous les jours davantage à Alfred, et remplit fidèlement les engagemens qu'elle avait pris. Tel était
cependant l'état de la santé de l'enfant, que les soins qu'elle exigeait
d'elle ne lui permirent pas de s'é-
loigner un moment, et qu'elle fut
obligée de remettre à une époque
éloignée les informations sur l'amiral qui lui paraissaient moins inté-
ressantes que le rétablissement de la
santé d'Alfred, et d'autant moins
pressantes, qu'elle avait en main les
moyens de pourvoir à sa subsistance.
Au bout d'un an la santé de l'enfant

étant devenue meilleure , Martha songea à partir pour commencer ses recherches.

Quelques semaines auparavant , Luc Thompson avait repris ses mauvaises habitudes , et s'était remis à passer la plus grande partie de son tems au cabaret , où il s'était livré tellement au jeu et à l'ivrognerie , qu'en outre de l'argent destiné à ses plaisirs , ses dettes étaient montées beaucoup plus haut qu'à l'ordinaire ; car son crédit s'était fort étendu depuis que l'on savait qu'une dame avait logé chez lui et y était morte. Une certaine nuit , il fut si peu favorisé par la déesse inconstante qui préside aux jeux de commerce et de hazard , qu'il résolut d'avoir recours aux moyens les plus désespérés pour satisfaire ses créanciers et rétablir son crédit.

La

La veille même , il y avait eu une violente altercation entre lui et Martha au sujet de l'argent qu'avait laissé mistris Johnstone , et dont il voulait absolument qu'elle lui donnât une partie pour en disposer à sa volonté. Martha l'avait refusé avec fermeté et courage , et avait été jusqu'à le menacer de remettre entre les mains du seigneur du lieu ce qu'elle avait reçu de mistris Johnstone et de lui raconter tout ce qui était relatif à l'enfant pour l'entretien duquel cette somme était destinée. Il connaissait parfaitement toute l'affection que Martha avait conçue pour la mère et pour l'enfant , et ne doutait point qu'elle ne mît ses menaces à exécution ; car la protection de mistris Johnstone avait donné à sa femme plus de résolution pour s'opposer à sa tyrannie , surtout s'il

Tome II.   O

voulait l'étendre sur d'autres que sur
elle-même , et l'exercer d'une manière plus particulièrement atroce.

En revenant de Malborough , toutes ces idées lui roulaient dans la
tête ; il avait été trop occupé à jouer
pour avoir beaucoup bu, et il arriva
à sa porte environ à une heure du
matin. Il ouvrit à l'aide d'une clef
qu'il portait toujours sur lui , battit
le briquet et entra dans la chambre
où Alfred , étendu dans les bras de
Martha, était ainsi qu'elle, enseveli
dans un profond sommeil.

Il se livra aux plus terribles réflexions en contemplant ce couple
innocent.

La dernière résistance de Martha
et la détermination qu'elle témoignait
de remplir ses devoirs envers le pauvre petit Alfred , avaient porté sa
haine contre elle à un point que tou-

tes leurs anciennes animosités n'a-
vaient pu exciter; tant il est vrai que
le vice en croissant , sent toujour augmenter son antipathie pour la vertu.

L'âme en proie aux passions les
plus barbares, il resta quelque tems
irrésolu, sa figure changeait à chaque instant ; enfin posant la lumière
sur une chaise , il tira de sa poche
un long couteau qu'il ouvrit tout à
coup avec l'empressement de la fé-
rocité ; et reprenant sa chandelle , il
s'approcha du lit ; la lumière tremblait dans une de ses mains tandis
qu'il serrait fortement le couteau de
l'autre.

Les yeux fixés sur le visage de
Martha , il reste un moment immo-
bile, la vengeance était peinte sur
son front. Dans ce moment critique
l'enfant s'éveille et étend ses petits
bras vers la lumière. Thompson

O 2

craignant qu'il ne criât et n'éveillât
sa femme, lève le bras pour frapper
le coup mortel. L'enfant, en cher-
chant à atteindre la lumière, tombe
sur le sein de sa mère adoptive, qui
s'éveillant au milieu d'un songe affreux, et portant ses yeux égarés sur
son mari, s'écrie : grand dieu, protégez-moi ! n'est-ce point un rêve ?
Est-ce vous Luc ? Que voulez-vous ?

Elle se leva sur son séant, et ap-
percevant le couteau dans la main
de son mari, elle jeta un cri perçant
en prenant l'enfant dans ses bras.
Dieu, protégez-moi, protégez cet
enfant, s'écria-t-elle. Thompson,
pourquoi ce regard terrible ? Que
voulez-vous faire avec ce couteau ?
Dieu tout puissant protégez-nous.

Ni dieu, ni le diable ne te proté-
gera, répondit-il en posant sa lu-

mière , à moins que tu ne me dises où tu as caché l'argent.

Ecoute , Luc , répliqua-t-elle, mon cher Luc , écoute-moi.

Je ne veux rien écouter, dit-il en s'asseyant sur le lit , et la saisissant par le bras, dis-moi où est l'argent, ou..... Et de l'autre main il empoigna de nouveau le couteau.

L'enfant , comme s'il eût compris ce qui se passait , se mit à crier, et se serra contre Martha en se cachant le visage dans son sein. Thompson lâchant sa femme repoussa l'enfant, et leva le bras qui tenait l'arme meurtrière. Thompson , dit Martha d'un ton calme , tout cela ne m'épouvante point, et peu m'importerait de mourir , si ce n'était pour cette pauvre petite créature.....

Le diable emporte le maudit bâtard, s'écria Thompson , je vais lui faire

sauter la cervelle contre la muraille...
et il se leva pour exécuter sa menace.

Arrête, Luc, cria Martha au désespoir, arrête, je te donnerai tout
l'argent.

Allons donc, dit-il, dis-moi vîte
où il est.

Il est au fond du vieux coffre de
chêne, sous la meilleure de mes robes, répondit Martha.

Cela suffit, dit Thompson, tu
peux rester tranquille. Il passa dans
la chambre voisine où étoit le coffre,
et après avoir pris l'argent, il éteignit
la lumière et sortit précipitamment
de la maison.

Quelles expressions peuvent rendre l'honnête indignation qu'inspira
à Martha une conduite si atroce.
Elle aurait voulu pouvoir se persuader que son mari était dans un
moment de délire; mais les actes

de brutalité qu'il avait si souvent
exercés contre elle , l'avaient depuis
long-tems convaincue que le siége du
mal était plutôt dans le cœur que
dans la tête , et tous les sentimens
qu'elle avait eus autrefois pour lui
étant actuellement éteints , elle résolut de remettre entièrement son sort
et celui d'Alfred entre les mains de
la providence, après avoir toutefois
vérifié si le lâche Thompson avait
consommé son crime.

Elle se leva , quoiqu'il ne fît pas
encore jour , mais elle ne put ré
sister à la curiosité qu'excitaient en
elle l'étonnement et la crainte ; elle
alluma donc une chandelle , et es-
suyant les larmes qui l'inondaient
malgré elle , elle alla examiner le
coffre.

Il ne restait absolument rien ; elle
s'était réellement flattée que son mari

aurait laissé quelque chose , quand
ce n'eût été que pour éviter le scan-
dale d'un vol , qui s'il était connu ,
l'exposerait à la punition la plus sévère. Tout avait disparu ! Les mains
jointes et les yeux baignés de pleurs,
elle supplia le tout-puissant d'avoir
pitié de l'orphelin , de le protéger ,
et de la défendre elle-même au milieu des orages dont elle était en-
tourée.

Elle se recoucha , et baignant de
ses larmes l'enfant endormi , elle
éprouva que l'innocence pouvait
fournir des consolations. Elle avait
eu pour lui les soins d'une mère
tendre et d'une gardienne fidelle. C'é-
tait pour sauver son mari de l'infamie, qu'elle lui avait avoué qu'elle
avait les moyens d'entretenir Alfred.
C'est ainsi que les motifs les meilleurs
et les plus purs ont souvent les conséquences

séquences les plus fâcheuses et que le cœur le plus droit est contrarié dans ses bonnes intentions par les machinations de l'âme la plus vile.

Martha se leva de bonne heure, dans la résolution d'aller à Malborough pour y chercher son mari. Laissant donc Alfred plongé dans un sommeil que ne pouvait pas encore troubler la connaissance de ses malheurs, elle alla prier une femme qui demeurait environ à un quart de mille de prendre soin de lui jusqu'à son retour. Mistriss Goodman lui promit d'être chez elle dans une heure, et Martha s'en retourna pour l'attendre.

En arrivant, elle trouva la porte de sa maison enfoncée. Elle resta un moment saisie de terreur et les yeux hagards, s'attendant à trouver Alfred assassiné par son mari. Elle

Tome II.   P

reprit cependant bientôt assez de
courage pour monter l'escalier, et
n'entendant point de bruit elle se ras-
sura un peu !... Elle s'approcha du
lit, Alfred n'y était plus. L'infortunée Martha tomba sur le plancher,
et ne se releva qu'à la voix de
sa voisine Goodman, qui étant in-
formée de la double catastrophe,
lui conseilla de ne pas perdre le tems
en plaintes inutiles, mais de se mettre sur le champ en quête pour tâcher de découvrir l'enfant. Mistriss
Goodman se souvint qu'elle avait
vu la veille des bohémiens rôder
dans le bois, et l'idée lui vint que
c'était eux qui l'avaient enlevé. Elle
fit part de ses soupçons à Martha,
qui consolée par l'idée qu'il n'avait
pas été assassiné, se décida à se
mettre à la poursuite des bohémiens,
et renonça à la pensée de chercher

son infâme mari, auquel seul elle
pouvait attribuer tous ses maux.

Laissant donc à sa vieille voisine
le soin de sa maison, elle s'enfonça
dans les parties les plus épaisses de
la forêt, qu'elle fit retentir de ses
cris. Sachant à peine ce qu'elle faisait, elle continua avec persévérance
ses inutiles recherches jusqu'à ce que
l'approche de la nuit vint ajouter une
teinte encore plus morne à l'obscu-
rité naturelle des bois qu'elle par-
courait. Epuisée de faim et de fatigues, la malheureuse Martha résolut de remettre au lendemain la
continuation de ses recherches et de
s'en retourner chez elle. Elle était
alors à plus de cinq milles de sa maison, et cherchait quelle était la
route la plus courte pour s'y rendre,
quand elle fut accostée par un voya-
geur à cheval, qui lui demanda avec

bonté la cause de son chagrin. Elle
lui raconta en peu de mots la perte
d'Alfred ; et comme il lui dit qu'une
demi - heure auparavant il avait
rencontré plusieurs bohémiens qui
avaient tourné à droite dans le bois,
elle se détermina à prendre le même
chemin.

Après avoir remercié l'étranger,
et pris congé de lui, elle se remit en
marche malgré sa fatigue , et elle
remarqua bientôt après de la fumée
dans le bois à quelque distance. Elle
s'avança avec précipitation et apperçut la lumière d'un grand feu ; mais
il était beaucoup plus éloigné qu'elle
ne l'avait imaginé d'abord.

Il était nuit close quand elle fut
assez proche qour distinguer qu'il
y avait autour du feu un grand nombre de personnes de tout sexe et de
tout âge. La vue de cette formidable

assemblée glaça de frayeur la pauvre Martha, qui était trop épuisée
pour pouvoir s'éloigner si elle en eût
été tentée. Elle fit plusieurs fois le
tour du cercle pour voir si elle pourrait ppercevoir des enfans dans la
troupe, et elle en vit plusieurs dont
la peau basannée annonçait leur
genre de vie ordinaire. Les fagots
en pétillant répandaient au loin la
lumière et la chaleur, quand une
flamme plus vive découvrit tout à
coup aux yeux perçans de Martha
le petit Alfred endormi dans les bras
d'une vieille décrépite.

Martha, dont la joie l'emportait sur
la crainte, poussa un cri, et courant à eux, répéta à haute voix :
mon enfant, c'est mon enfant ! ren-
dez-moi mon enfant !

Ceux à qui elle s'adressait furent
aussi étonnés et aussi confus qu'elle-

même ; elle tomba à genoux devant
eux , et tâcha par toute sorte d'argumens de les convaincre de la justice de sa réclamation , et d'exciter
leur pitié ; mais ils furent inébran-
lables , et elle reçut le refus le plus
positif ; ils parlèrent entr'eux à voix
basse , en faisant des signes qu'elle
ne put comprendre , et finirent par
convenir unanimement que , pour
l'empêcher de les dénoncer aux magistrats du voisinage , il étoit indis-
pensable qu'elle prît parti dans la
troupe.

Martha restait debout désolée et
irrésolue ; il lui était impossible de
se séparer d'Alfred , mais il ne l'é-
tait pas · moins de l'arracher des
mains dans lesquelles il était tombé.
L'idée de devenir membre d'une
pareille société révoltait la généreuse
Martha qui , enfin reprenant cou-

rage , déclara qu'elle ne pouvait y consentir. A peine avait - elle parlé qu'elle découvrit dans la foule la même femme qui lui disait sa bonne aventure , lorsque Luc entra dans cet accès de fureur qui avait été l'occasion de sa première connaissance avec madame Johnstone. Comme elle l'avait libéralement récompensée , elle espéra trouver en elle une amie ; elle ne se trompait pas ; cette femme la reconnut, et s'approchant d'elle , elle lui dit qu'elle lui conseillait de se conformer aux volontés de ses camarades , parce qu'autrement sa vie serait en danger.

Martha persistait toujours dans son refus , et pleurait amèrement : une vielle femme qui paraissait leur chef, et qui était assise à terre comme les autres , se leva en ordonnant qu'on fit silence , parla d'un ton

P 4

d'autorité, et fut écoutée avec la plus humble soumission. Elle s'adressa à Martha, en lui donnant le choix d'accepter l'offre qu'on lui avait faite, ou de voir Alfred périr dant les flammes. Martha frissonna, et parut se résigner à adopter leur genre de vie, et leurs principes. Elle fut obligée de prêter une espèce de serment d'allégeance à ses nouveaux maîtres, qui en récompense, remirent Alfred entre ses mains.

On lui fit une place dans le cercle auprès de son ancienne connaissance ; il y avait une oie et plusieurs pièces de volaille qui rôtissaient devant le feu, et on fit des complimens à celui qui avait fait la meilleure chasse ce jour-là. On apporta des vessies pleines de liqueurs fortes : cette vue excita la gaité dans tous les esprits, excepté dans celui de Martha , qui songeait qu'en retrouvant son enfant , elle avait ainsi que lui perdu la liberté, peut-être pour jamais.—La conversation ne roula que sur les aventures du jour.

Le caractère de la gent bohé-mienne se développa promptement aux yeux de Martha , et quoiqu'elle ne pût s'empêcher d'avoir de l'horreur pour leur genre de vie, elle vit avec plaisir la bonne-foi et la bienveillance qui régnaient entr'eux , et le respect particulier qu'ils avaient pour celle qui paraissait être leur chef, ce qui produisait au moins le bon effet de prévenir les propos indécens auxquels on devait naturellement s'attendre dans une pareille association ; ils la sollicitèrent vivement de partager leur repas ; il y avait si long-tems qu'el.e n'avait pris aucune nourriture , que , dans l'état de faiblesse où elle était, il lui fut impossible de manger : ils lui proposèrent à boire , mais l'idée du poison lui vint à l'esprit, et elle refusa d'une manière péremptoire , quoiqu'elle éprouvât une soif dévorante. Pendant qu'elle combattait ainsi entre le besoin et la crainte , ses yeux tombèrent sur ceux d'un vieillard qui la regardait avec attention : la curiosité , jointe à la reconnaissance pour l'air d'intérêt avec lequel il la considérait , engagèrent Martha à l'observer davantage. Elle vit que Gérald (c'est ainsi qu'on l'appelait) était le chef des hommes, comme la vieille dont il a été question l'était des femmes. Gérald saisit une occasion pour s'asseoir auprès d'elle ; et devinant en partie , à son air accablé , le motif de ses refus, il prit une corne qui avait déjà été vidée plusieurs fois, et la remplissant, il but lui-même le premier, et la pria ensuite avec instance de boire le reste. Martha ne fut pas insensible à la manière généreuse dont il s'y prenait pour la convaincre qu'elle pouvait accepter son offre sans danger. Cette idée la fit rougir, mais elle cacha son trouble en avalant la liqueur qui ranima ses forces et son courage, et elle envisagea insensiblement sa nouvelle situation avec moins d'horreur.

CHAPITRE XI.

Sciences vagabondes.

La nuit se passa, comme on peut aisément le présumer. Martha coucha dans une mauvaise grange ; mais elle y goûta les douceurs d'un sommeil paisible, son Alfred était à côté d'elle.

Le lendemain, elle se soumit avec moins de répugnance aux usages de la société, et elle y était déjà toute accoutumée. Dans la journée, Gérald épia un moment favorable pour avoir une conversation particulière avec elle ; il lui expliqua les mystères de la vie bohémienne, et parvint à la réconcilier avec un sort qui, pour le présent, était inévitable, et que, par la suite, elle ne trouverait pas sans agrément.

Il y avait quelque chose de si en-

gageant dans les manières de Gérald, qu'après avoir épuisé toute
sorte de raisonnemens, elle eut recours aux prières et aux plus dou-
ces représentations pour le mettre
dans ses intérêts. Il ne lui laissa pas
finir son discours, et il l'assura ingé-
nûment, que quelque porté qu'il
fût à adopter son opinion et à sé-
conder ses désirs, tous les efforts
qu'elle ferait pour lui persuader de
porter atteinte aux engagemens qu'il
avait contractés, seraient inutiles.
Les lois de leur société exigeaient
une obéissance implicite à leurs
chefs, et défendaient expressément
à ceux-ci de se mettre jamais au
pouvoir des autres. Il lui dit de plus
que les bohémiens regardaient comme
leur propriété, toutes les habitations
et les bestiaux qu'ils peuvent trouver
dans les bois et dans les forêts où ils

jugent à-propos de faire un établisse-
ment momentané ; que de plus ils
considèrent les villages voisins comme
obligés de fournir à leurs besoins , et
se croient autorisés à voler ce qu'ils
ne peuvent pas se procurer par des
moyens honnêtes ; qu'ils agissent
ainsi sans remords, pour punir ces
ames viles qui aimeraient mieux les
voir mourir de faim que de se les
attacher par les liens de la reconnaissance.

Mais le sujet sur lequel Gérald
s'étendit davantage , et qu'il lui représenta comme l'objet, non - seulement le plus lucratif, mais encore le
plus intéressant , est la science occulte ou l'art de dire la bonne aventure. Elle était portée au plus haut
degré , et réussissait au-delà de toute
attente; c'était, dans le vrai , le seul
amusement qui pût les soulager des

occupations plus importantes de
leurs fonctions. Gérald finit ces explications obligeantes , en promettant à Martha de l'instruire dans
l'art occulte , et la quitta encore
moins mécontente de la vie errante
à laquelle elle était condamnée.

Quand Martha eut le loisir de
rentrer en elle-même , et de se livrer
à ses réflexions, elle songea à la conversation qu'elle avait eue avec Gérald, et elle en tira cette conclusion ju-
dicieuse , que l'on obtient davantage
de la crédulité que de la charité.
Elle était choquée de voir l'égoïsme
repousser la bienveillance pour une
jouissance momentanée. Peut - être
n'est-il pas aisé de servir l'un et l'autre ;
mais il est douloureux de voir que
le premier l'emporte assez généralement pour exclure presque absolument la dernière.

Durant la conversation de Gérald avec Martha les bohémiens se formaient en différens grouppes, les uns faisant l'amour, les autres se querellant avee la plus grande délicatesse ; la journée se passa ainsi sans aucun événement intéressant ; le soir on fit des hutes pour la nuit, comme c'est la coutume toutes les fois qu'on compte rester dans un endroit plus de vingt - quatre heures. Le lendemain Martha se détermina à faire un nouvel effort pour obtenir sa liberté. Elle plaida avec la plus grande humilité devant l'auguste assemblée ; mais elle eut la douleur de voir que sa cause était perdue sans ressource ; une voix générale s'éleva pour demander qu'elle et l'enfant reçussent sur le champ la teinte de la société. Martha crut que le meilleur parti était de se soumettre avec patience

et

et résignation, et en conséquence, Alfred et elle furent barbouillés de la main de la vieille souveraine avec une liqueur qui produisit dans un moment l'effet désiré.

A peine cette étrange cérémonie était achevée, que la compagnie se divisa en différentes troupes pour parcourir la forêt en diverses directions. Gérald fit en sorte que Martha et le petit Alfred fussent de la bande qu'il conduisait. Ils firent un long circuit, Martha évitant autant que possible, ces petits larcins qu'elle était quelquefois obligée de commettre, et qui déplaisaient autant à Gérald qu'a elle. Toutes les fois que la nécessité l'obligeait de se conformer à son nouveau rôle, elle remettait Alfred aux soins d'une autre femme, ne voulant pas lui laisser partager les dangers auxquels elle s'exposait avce tant de répugnance.

Au bout de quinze jours, toute la troupe se réunit comme ils étaient convenus à leur départ, dans la forêt de Needwood dans le Staffordshire. La campagne avait été très-lucrative. Des cuillers d'argent, des chandeliers de cuivre, des liqueurs et des provisions de toute espèce s'étaient fort heureusement accumulés dans leurs bissacs ; Martha n'avait pas exercé ses talens avec moins de succès ; elle s'était principalement bornée à dire la bonne aventure ; et d'après les instructions de Gérald, elle avait fait d'assez grands progrès dans cet art. Souvent des pièces d'argent lui avaient été mises dans la main, par de jeunes pensionnaires et par des vierges surannées. Elle promettait aux premières qu'elles seraient mariées richement, aux autres qu'elles le seraient promptement. Elle avait aussi pour le petit Alfred une histoire lamentable toute prête et qui réussissait à merveille, quoique ce ne fût pas la véritable, qu'elle n'osait conter de peur que ses camarades ne vinssent à la savoir ; de manière qu'au total, elle était plus utile à la société qu'ils ne s'y étaient attendus d'abord.

Le second jour de leur arrivée dans la forêt, ils firent une grande réjouissance, suivant leur usage de célébrer l'anniversaire de leur retour dans les lieux qu'ils ont pris en affection. Cette fête est ordinairement suivie d'un ou de deux mariages, mais pour cette fois un seul couple entra dans la sainte carrière. Les cérémonies nuptiales ne sont pas longues. Les futurs conjoints reconnaissent simplement devant toute la troupe qu'ils se prennent pour mari et femme ; dès lors cette union est regardée comme sacrée, et il y a très-peu d'exemples qu'ils aient été infidelles à leur engagement.

Il y avait parmi ces gens un ton de franchise et de gaîté que la consciencieuse Martha ne pouvait s'empêcher d'admirer. Ils étaient sensibles, humains et généreux les uns envers les autres, gais, de bonne humeur et pleins d'attentions pour leurs malades. Martha fut bientôt convaincue de cette vérité à l'occasion d'une indisposition subite qu'éprouva Gérald. Un homme reçut ordre sur le champ d'aller chercher un poulet pour lui faire du bouillon, avec injonction de ne point revenir sans en rapporter.

Le poulet fut en conséquence pris dans la basse-cour d'une ferme voisine ; mais les soins les plus re-

cherchés n'empêchant pas la maladie
de Gérald de faire des progrès allarmans, au bout de quelques jours
Martha fut chargée avec une autre
femme de rester dans sa hutte et de
le garder pendant que les autres
étaient occupés de leurs courses
autour de la forêt.

La crainte de la mort était peinte
dans les regards de Gérald. Sa vie
n'avait pas été souillée de crimes in-
fûmes, mais depuis nombre d'années
il avait pratiqué l'art d'en imposer
à la bienveillance, et ne pouvait pas
être regardé comme *un honnête
homme*. C'est ce dont il se plaignait
à Martha, en lui avouant franche-
ment quel avait été son genre de vie,
et en lui expliquant différens mystères de leur ordre qu'elle avait
ignoré jusqu'alors. Quelques-uns répugnaient si fort à Martha qu'elle

commença à s'occuper des moyens
de s'échapper. Elle représenta à Gérald que sa maladie était principalement due à la vie criminelle qu'il menait, et qu'il était naturel que le
corps souffrît quand la conscience
n'était pas tranquille. Ces discours
de Martha firent la plus profonde
impression sur le malade qui joignait
au repentir la faiblesse et la crédulité de l'âge ; il se décida enfin à renoncer à la vie de bohémien et à
adopter celle de simple mendiant.
Martha, enchantée de cette conver-
sion, chercha à le fortifier dans sa
résolution par les argumens les plus
persuasifs.

Gérald ne tarda pas à recouvrer
la santé, et ayant congédié son autre garde, en lui disant d'aller rejoindre la troupe, il resta seul dans
la hutte avec Martha et Alfred.

Cependant le tems du retour de
ses camarades approchait, et Gérald
reprit l'exercice de son autorité dont
il fut bientôt dégoûté par le spectale
d'actions dont il n'avait que trop
souvent donné lui-même l'exemple.
Il avait des entretiens longs et fré-
quens avec Martha sur le projet qu'ils
avaient formé. Enfin , ils convin-
rent de quitter ensemble la société ;
mais comme cette affaire devait être
conduite avec le plus grand secret,
il fallait nécessairement user de ruse;
ils résolurent donc de feindre de la
mésintelligence entr'eux pour mieux
cacher leurs intentions. Plusieurs
mois s'écoulèrent sans qu'ils pussent
trouver une occasion favorable pour
exécuter leur plan. A la fin il s'en
présenta une au moment où ils s'y
attendaient le moins. La vieille souveraine Mary mourut , et il fallut en

choisir une nouvelle. Le choix tomba
sur une femme de moyen âge , pour
laquelle non - seulement Martha ,
mais Gérald avaient conçu une aver-
sion particulière. C'était la scélératesse personnifiée , et elle avait donné
nombre de preuves de la déprava-
tion de son cœur, en dérobant des enfans et en formant ces jeunes novices
à toute espèce de crimes. C'était elle
que Martha avait toujours soupçon-
née d'avoir enlevé Alfred ; et quoique d'après la loi qui existait entr'eux , de ne se jamais trahir les uns
les autres , elle n'eût pas pu vérifier
le fait , cependant mille remarques
qu'elle avait faite sur cette femme,
l'avaient confirmée dans sa première
idée.

Les deux amis enfin concertè-
rent si heureusement leurs mesures,
qu'ils s'échappèrent sans exciter de
soupçons

soupçons, et en suivant des routes qu'ils savaient n'être point fréquentées par les bohémiens, ils éludèrent leur vigilance, dans le cas où , contre leur attente, ils voudraient se mettre à leur poursuite.

CHAPITRE XII.

Secrets et confidences.

ALFRED avait près de trois ans quand il quitta la forêt de Needwood dans la compagnie de Martha et de Gérald. Celui-ci, à l'aide d'une drogue qu'il portait toujours avec lui, parvint à nétoyer leur teint, et quand les traits expressifs d'Alfred eurent été rendus à leur couleur naturelle, il parut un petit ange aux yeux de sa bonne mère adoptive. Ils prirent la grande route de Bath ; et la beauté du petit Alfred, ses cheveux bouclés et ses pieds nus attiraient fréquemment l'attention et la bienfaisance des voyageurs dont sa voix douce implorait l'assistance.

Ils passèrent plus de deux mois sur
cette route ; et , suivant l'exemple
des gens du bon ton , ils arrivèrent
à Bath au commencement de la
brillante saison. Martha et Alfred
établirent leur croisière à une extrê-
mité de la ville , tandis que Gérald
se tenait dans la partie opposée. A la
nuit , ils se retiraient dans un loge-
ment que Gérald avait procuré à
Martha ; et quoiqu'il ne demeurât
pas avec elle , ils passaient ordinairement la soirée ensemble , et se ra-
contaient réciproquement les aventures de la journée.

Ils restèrent à Bath , comme les
gens du bel air, jusqu'à ce qu'il n'y
eût plus rien à y faire , et passèrent
plus d'un an à rôder dans le Sommersetshire , où ils réussirent si bien ,
qu'ils gagnèrent plus de cent guinées.
Ils jugèrent alors qu'il était tems de

changer de théâtre, étant trop con-
nus dans cette province pour pouvoir
y rester plus long-tems avec sûreté.
Ils avaient été souvent menacés par
les magistrats du voisinage ; mais les
menaces n'avaient jamais été mises
en exécution, car leur conduite était
tellement irréprochable , et ils demandaient la charité avec tant d'humilité , que ceux , qui seuls avaient
le droit de les châtier comme vagabonds. étaient souvent les premiers
à les assister.

Martha, s'étant depuis long-tems
convaincue que Gérald tenait fortement à sa résolution de renoncer à
une conduite immorale, et voulant
prendre des informations sur l'amiral Sydney, et tâcher de faire rentrer
Alfred dans tous les droits que lui
donnait sa naissance , se détermina
à révéler à Gérald les particularités

qu'elle imagina pouvoir l'engager à
l'accompagner à Londres, pour faire
les recherches nécessaires, et tirer
parti de ce qu'elle pourrait apprendre en faveur du pauvre petit Alfred. Pendant son séjour parmi les
bohémiens elle avait été épiée de
trop près pour pouvoir s'échapper,
quelqu'ardent désir qu'elle en eût;
et la reconnaissance l'engageait maintenant à ne pas abandonner Gérald
dans lequel elle avait trouvé un protecteur pour elle et pour l'enfant.

Un soir donc qu'Alfred était
couché, Martha, avant d'entrer en
matière, témoigna à Gérald combien elle était satisfaite de ses bons
procédés, et lui dit qu'elle pouvait
actuellement lui confier un secret
qu'elle voulait n'être connu de personne au monde, que des parties in-
téressées ; Gérald la regarda atten-

tivement, et avec un air qui l'engagea
à continuer.

Elle lui dépeignit alors le caractère et la conduite de son mari , et la
position dans laquelle elle se trouvait, lorsque mistriss Johnstone arriva chez elle ; elle lui conta la naissance d'Alfred , et comme quoi il
était petit fils de l'amiral Sydney ;
elle lui rappela , pour émouvoir sa
sensibilité , tous les maux qu'elle
avait souffert dans la compagnie des
bohémiens , et finit par lui faire sentir la nécessité d'employer leurs efforts pour rendre à l'enfant son état,
en le faisant reconnaître par sa famille , lui promettant pour ses
peines et ses soins une récompense
proportionnée à celle qu'elle pourrait recevoir elle-même.

Gérald , qui avait écouté avec le
plus vif intérêt , témoigna à Martha

sa reconnaissance de la marque de
confiance qu'elle lui donnait en lui
faisant part d'un secret aussi impor-
tant, et lui fit des reproches de ne
le lui avoir pas communiqué plutôt.
Il devint fort empressé de travailler
au bonheur d'Alfred, et proposa de
partir sur le champ.

Ils jugèrent qu'il falloit qu'ils se
rendissent à Londres et dans les environs ; mais ils crurent à-propos d'al-
longer un peu leur route, pour amas-
ser, s'il était possible, une plus grosse
somme ; afin que, dans le cas où ils
trouveraient Sydney , ils pusssent,
avant de lui présenter Alfred , l'équi-
per d'une manière convenable au
petit-fils d'un amiral.

. Martha avait dressé l'enfant à demander la charité d'un ton humble
et touchant , qui joint aux grâces de
son âge, manquait rarement d'attirer

ces marques de bienfaisance auxquelles la jeunesse, la beauté et l'innocence ont de si justes droits. Elle était
convenue avec lui d'un signe pour
lui indiquer les personnes à qui il devait ou ne devait pas s'adresser ; ses
yeux expressifs épiaient le moindre
mouvement du visage de sa conduc-
trice, et son affection pour elle était
aussi grande, que s'il eût été assez
âgé pour pouvoir apprécier la valeur
d'une pareille amie. Il n'était jamais pressant ni importun dans ses
prières ; un premier refus était décisif pour lui, et toujours reçu sans
plainte et sans murmure.

Avant leur départ de Bristol, un jour
qu'Alfred se promenait avec sa mère
(c'était ainsi qu'il appelait toujours
Martha) il courut, sans demander son
consentement, à un dignitaire ecclésiastique dont la figure lui parut an-

noncer des dispositions bienfaisantes.
Après une profonde révérence, il lui
fit son petit discours ordinaire, disant qu'il était pauvre, et qu'il le
priait d'avoir pitié de lui. Martha se
tint à quelque distance, aussi étonnée
que mécontente d'une pareille har-
diesse, et résolue de l'empêcher dorénavant de s'adresser à personne
sans sa permission. Elle sentait l'im-
posibilité où il était de distinguer
sur la mine ceux dont il pouvait solliciter la compassion, et par ses con-
naissances en physionomie, elle l'a-
vait jusqu'alors préservé des insultes
des personnes dont l'air annonçait la
dureté de leur cœur. L'événement
néanmoins prouva que le jeune
Lavater ne s'était point trompé ;
car celui auquel il s'adressait, était
le feu doyen d'Ossory, ce person-
nage respectable, l'honneur de

l'église et l'ornement de la société. Il
demanda à Alfred si tout ce qu'il
avait appris consistait dans l'art de
mendier. L'enfant tomba sur le
champ à genoux , et récita avec em-
phase l'oraisondominicale. Le doyen
fut si satisfait , qu'il lui donna ami-
calement un petit coup sur la joue, lui
glissa une demi - couronne dans la
main , et lui dit, de manière que Martha l'entendit , qu'il était bien dom-
mage qu'il fût réduit à un pareil état.

L'attachement de Gérald pour Alfred croissait de jour en jour. Il
poussait la délicatesse vis-à-vis de
Martha, jusqu'à ne pas souffrir qu'un
seul shelling de leur argent fût employé pour son propre usage ; il lui
déclarait au contraire , qu'il ga-
gnait plus qu'il ne fallait pour subvenir à ses besoins, et que son intention
était qu'à sa mort le surplus leur ap-

partînt. Sa réforme était sincère. Il parlait avec horreur de son ancien genre de vie, et contribuait, autant qu'il dependait de lui, à faire germer dans le jeune cœur d'Alfred les semences de la morale la plus pure.

Ils prirent enfin le chemin de Londres, Gérald promettant de ne rien négliger pour tâcher de découvrir où demeurait l'amiral Sydney ; mais il ignorait si complettement, ainsi que Martha, les moyens d'y parvenir, et il était d'ailleurs si gêné par le secret qu'il lui avait juré, qu'il leur fut impossible d'obtenir aucune lumière.

Après avoir rôdé inutilement quelques semaines dans les rues de la capitale, Martha proposa à Gérald de l'accompagner à la forêt de Malborough où ils pourraient peut-être se procurer secrètement des nouvelles

de son mari , quoiqu'elle fût résolue à ne point se découvrir à lui.
Il fut convenu qu'Alfred et elle res-
teraient cachés auprès de la ville ,
tandis que Gérald irait aux informations. Son premier soin , d'après
l'avis de Martha , fut d'aller à la
porte de M. Munro, où il se présenta
en demandant l'aumône ; mais il revint bientôt avec l'affligeante nouvelle que ce galant homme était mort
depuis deux ans.

Le lendemain matin, le bissac sur
l'épaule et le bâton à la main , il prit
la route de la forêt. D'après les renseignemens que lui avait donnés
Martha, il n'eut pas de peine à reconnaître sa maison, et il demanda
aux gens qui l'habitaient ce qu'était
devenu Luc Thompson et sa femme.
Hélas ! répondit la personne à laquelle il s'adressa , je n'ai jamais

connu ni l'un ni l'autre ; mais je sais
que Luc a été transporté au-delà des
mers pour quatorze ans , et la pauvre Martha , il y a quelques années ,
dit-on , a été assasinée par son mari
dans la forét avec un enfant dont
elle avait soin. Les voisins sont étonnés de ce que j'ai le courage de demeurer dans cette maison , car ils
disent que l'on a toujours vu depuis
Martha et l'enfant rôdant ici autour.

Ils peuvent se l'être imaginé , répondit Gérald ; mais je crois pouvoir vous assurer que Martha et l'enfant sont tous deux vivans et se portent à merveille. Mais pourquoi Luc
Thompson a-t-il été condamné à la
déportation ?

Oh pour cela , je puis vous le conter. On dit qu'il a pris tout l'argent
qu'une grande dame qui est morte
ici avait laissé à Martha pour pren-

dre soin de son enfant, qu'il a décampé avec et qu'il n'est revenu que
quelques mois après que Martha eut
disparu. Les voisins coururent aux
armes et le conduisirent chez le juge
de paix devant lequel il fit serment
qu'il ne savait pas ce qu'étaient devenus ni elle ni l'enfant ; mais il dit
qu'il croyait, d'après ce qu'il avait
souvent ouï dire à sa femme, qu'elle
était aller trouver les parens de l'enfant qui étaient des gens considérables. Quoique le juge l'eût laissé aller,
les voisins résolurent de le chasser
d'ici, et en conséquence il est parti
après avoir vendu tout ce qu'il avait.
Il n'est jamais revenu à Malborough ;
mais il y a environ un an, nous
avons appris qu'il avait été jugé à
Taunton dans le Sommertshire pour
un vol, et qu'il avait été envoyé à
Botanny-Bay, d'où tous ceux qui le

connaissent espèrent qu'il ne reviendra jamais.

Gérald écouta attentivement ce récit et classa dans sa tête toutes les circonstances qui pouvaient être agréables à Martha qu'il alla rejoindre le soir de bonne heure. Cette femme généreuse compatit aux souffrances corporelles de son mari ; pour des peines de l'âme, il ne pouvait pas en avoir, son cœur était trop endurci pour être susceptible de sensibilité. Mais elle craignait qu'il n'eût fait de nouveaux progrès dans le vice ; dès avant le retour de Gérald, elle prévoyait qu'il avait commis quelque nouveau crime, et le rapport de son ami ne lui prouva que trop clairement la justesse de ses conjectures.

Martha étant suffisamment délassée pour pouvoir quitter Malborough,

et n'ayant plus rien qui l'y retint,
proposa à Gérald d'en partir. Sa voisine Goodman avait aussi abandonné
le pays, car Gérald, qui avait pris
exactement toutes les informations
dont on l'avait chargé, ne l'avait
pas oubliée et avait appris qu'elle
était allée demeurer chez sa fille
mariée à un riche fermier du Lincoln-
Shire.

Ils étaient convenus de repartir
pour Londres dans trois jours, mais
Gérald retomba malade, de manière qu'il leur fut impossible de se
mettre en route. Les mêmes motifs
qui peu de tems auparavant avaient
déterminé Martha à lui donner toute sa confiance, l'engagèrent alors
à en agir de même envers elle, et
à lui révéler aussi son histoire. Elle
est courte, mais intéressante : voici
comme il la raconta.

CHAPITRE

CHAPITRE XIII.

Histoire de Gérald.

JE suis honteux d'avouer que je suis fils unique de parens respectables, dont la fortune honnête me procura tous les agrémens de la vie, et qui n'épargnèrent rien pour mon éducation. Quoique j'eusse les meilleurs maîtres, mon caractère revêche et intraitable s'oppossait à mes progrès. Le développement de mes facultés ne servit qu'à me faire détester davantage, et me fut plus nuisible qu'avantageux, en combattant les résolutions sérieuses qui contre-balançaient de tems en tems mes malheureux penchans.

J'avais à peine atteint ma seizième

Tome II.   S

année, que j'étais la terreur et l'objet de la haine de tout ce qui m'entourait ; la compagnie du peu de jeunes gens qui goûtaient mes principes, et qui suivaient mon exemple, était regardée comme extrêmement dangereuse, et on finit par interdire à mes camarades toute liaison avec moi. Mon amour-propre était piqué au dernier point de voir les autres traités avec plus de distinction que moi, et je les haïssais en proportion de l'estime que j'étais forcé de leur accorder.

La mort prématurée de mon père me tira d'une situation qui, dans les derniers tems, m'était devenue insupportable ; je savais que j'étais son seul héritier, et je croyais sa fortune infiniment supérieure à ce qu'elle était réellement. Du moment que je fus informé de cet évènement inattendu, je me livrai à une joie aussi vive qu'indécente ; et la vue d'une mère inconsolable de sa perte, ne put jamais exciter dans mon cœur un sentiment de compassion ou de douleur. Mon corps était couvert des livrées du deuil, mais mon âme était ravie de satisfaction.

Un frère aîné de mon père avait été chargé par lui , conjointement avec ma mère, du soin de ma personne et de ma fortune; une attaque d'apoplexie me délivra bientôt après des préceptes dogmatiques de mon oncle, et ma mère était trop indulgente et d'un caractère trop doux pour contrarier mes inclinations, quelqu'opposées qu'elles fussent aux siennes , ou pour me considérer autrement que comme un enfant unique et chéri , dont les crimes

mêmes n'étaient à ses yeux que des
folies de jeunesse, et dont le génie
naissant annonçait la sagesse de
Socrate, et l'éloquence de Cicéron.

Me prévalant d'une indulgence
aussi mal raisonnée, je ne tardai
pas à m'emparer des rênes du gou-
vernement, et je commençai à com-
mander, lorsqu'il eût été de mon
devoir d'obéir. Le souvenir des vertus
et de la bonté de mon père s'effaça
de ma mémoire. J'imitai la sévérité
de mon oncle qui s'accordait mieux
avec mon caractère, et j'exerçai ma
tyrannie, non - seulememt sur les
domestiques, mais encore sur les
animaux qui frémissaient et trem-
blaient à ma voix.

Avant que j'eusse atteint vingt
ans, ma mère me pressa de me marier; elle m'engagea à faire moi-
même un choix; et, comme j'étais

alors amoureux d'une jeune personne
dont la famille , le caractère et la
fortune convenaient à tous égards,
je n'eus' aucune répugnance à me
conformer à ses désirs. La charmante
Mary était fille d'un ecclésiastique
respectable du Yorkshire. Elle avait
une sœur aînée , mariée depuis quelques années, et un frère lieutenant
d'infanterie : il y avait long - tems
que leur mère était morte , et c'était
Mary Atkinson qui tenait la maison
de son père.

Il me fut aisé de m'appercevoir de
la froide indifférence avec laquelle
j'étais traité par M. Atkinson et par
son fils. Les valets mêmes de la maison me regardaient de mauvais œil.
L'aimable Mary seule me voyait avec
complaisance ; M. Atkinson donna
avec répugnance son consentement
à mes propositions de mariage ; il

céda aux larmes de sa fille , malgré
l'air d'improbation de son fils. Je la
menai tremblante à l'autel ; je reçus
ses vœux , et à peine (ô honte éternelle) lui eus-je engagé les miens ,
que j'y manquai : les premières jouissances de l'amour conjugale furent
bientôt suivies de la satiété, et je
commençai à maudire la folie qui
m'avait privé de la liberté , et qui
avait sacrifié à la triste étude de l'é-
conomie domestique et aux caprices
d'une famille , ces jours que les autres jeunes gens consacraient aux
plaisirs de leur âge.

Ma mère et M. Atkinson étaient
devenus presque inséparables; ils de-
meuraient dans la même ville , et il
était rare que l'un eût une opinion
qui ne fût pas adoptée par l'autre. Le
jeune Atkinson s'était aussi réuni à
eux , et nous étions , ma femme et

moi , aussi complètement exclus de
leur société , que si nous leur avions
été absolument étrangers.

Cette conduite devait être principalement attribuée aux progrès de
mon indifférence pour ma femme ;
je me mis dans la tête qu'on ne me
regardait que comme une poupée
destinée à l'amusement d'un enfant ,
et que ma mère s'était rangée du côté
de mes ennemis ; cette idée me ré-
volta et blessa mon amour-propre :
déterminé à conquérir ma liberté ou
à périr dans l'entreprise , je résolus
de leur faire sentir que je n'étais pas
fait pour qu'on se jouât de moi. Je
commençai par reprocher à ma
femme l'air froid et dédaigneux de
son père , et l'insolente fatuité de son
frère. Elle les défendit avec tant
d'intérêt , que je lui reprochai sa tendresse pour eux que je trouvai d'au-

tant plus blâmable, qu'ils la détour-
naient du premier de ses devoirs, l'attachement à son mari : je l'accusai
du refroidissement de ma mère, de
la perte de ma tranquillité, et de toutes
les contrariétés que j'éprouvais.

Elle m'écouta avec une patience
angélique ; les yeux inondés de larmes, elle me demanda tendrement si,
en s'absentant et en allant se réfugier
dans les bras de son père, elle ne pourrait pas contribuer à rétablir la paix
dans mon âme. J'interprêtai cette proposition, comme une preuve qu'elle
était fatiguée des liens qui l'enchaî-
naient, et je lui dis d'aller chercher
le bonheur où elle voudrait. Sa timi-
dité fut allarmée ; elle courut à sa
chambre et me laissa dans un état
que le plus vif repentir n'a pu effacer
jusqu'à ce jour de ma mémoire. Son
absence me parut plus longue qu'à
l'ordinaire

l'ordinaire, je sonnai avec violence,
et un laquais qui accourut me dit
que sa maîtresse était sortie, sans
dire quand elle rentrerait.

Je pris mon chapeau, et m'en fus
sur le champ chez M. Atkinson. Je
demandai ma femme. Le laquais
hésita, et monta l'escalier en courant sans m'avoir répondu ; un moment après, le lieutenant Atkinson
entra dans le salon.

Avec l'air de la fureur et de l'inso-
solence, il me demanda ce qu'il y
avait pour mon service.

Je veux voir ma femme.

Votre femme, je suis fâché de le
dire, Monsieur, est *ma* sœur, et
quand vous saurez la traiter comme
elle le mérite, je pourrai peut-être
condescendre à avoir pour vous plus
d'égards. Ma sœur est sous la protection de *son* père et de *votre*

mère ; ils sont tous deux ici , mais j'ai voulu leur épargner le désagrément de vous voir , et vous prouver , que quand il s'agit de l'honneur et du bonheur d'une femme vertueuse et aimable , il n'y a point de bras si propre à la venger , que celui d'un frère.

Un rire sardonique accompagnait ces dernières paroles , la rage s'empara de mon cœur , et je ne cherchai point à la modérer. Les propos s'envenimèrent et nous nous séparâmes avec l'engagement de nous retrouver le lendemain matin , afin que le pistolet terminât la querelle d'une manière plus décisive que les paroles.

Je retournai chez moi sur le champ , et je veillai fort tard, mais ma femme ne revint point ; je me préparais à me coucher, quand un seul coup frappé à la porte de la maison annonça un commissionnaire. On me remit la lettre suivante :

Mon frère parle de votre dernière conversation d'une manière si incompréhensible , qu'aucun de nous ne peut deviner ce qui s'y est passé, je voulais retourner chez vous , mais il dit qu'il doit vous voir dans la matinée, et il veut que j'attende que cette entrevue ait eu lieu. Une frayeur étrange et inconnue jusqu'à présent s'est saisie de moi ; dites un seul mot, et je me déroberai d'ici , dès que tout le monde sera couché. C'est ma chère maman elle-même qui s'est chargée de vous envoyer cette lettre , et j'attendrai le retour du commissionnaire.

Je me contentai de répondre verbalement que j'allais me coucher et que je croyais qu'elle ferait mieux de rester où elle était.

Je passai la nuit dans une agitation qui ne me permit pas de fermer l'œil, et vers le matin, je tombai dans une espèce de stupeur à laquelle on ne pouvait pas donner le nom de sommeil. La terreur me réveilla en sursaut, je saisis ma montre, et je vis qu'il y avait une heure et demie que le temps fixé pour le rendez-vous était passé, je m'habillai et me rendis au lieu désigné, je fis au lieutenant des excuses de ma paresse ; son ton était changé depuis la veille, et il évita toute espèce de complimens ; nous tirâmes ensemble , j'eus l'épaule gauche offensée légèrement ; mon antagoniste chancela et tomba , la balle lui était entrée dans le côté droit, et le sang sortait à gros bouillons , je

le relevai, il tâcha d'appaiser les
remords momentanés dont les angoisses étaient peintes sur mon visage,
et me conjura d'être satisfait de l'assurance que je m'étais comporté
avec lui en homme d'honneur ; mais
il me recommanda dans le cas où
il périrait, de me mettre à couvert
par la fuite.

J'entrai dans une ferme voisine,
d'où j'envoyai chercher un domestique de confiance, que je chargeai
du soin de mes affaires, je lui or-
donnai de venir me rejoindre à Londres ; il m'obéit avec fidélité et avec
zèle. Les nouvelles qu'il m'apporta
étaient de nature allarmante ; le
jeune lieutenant avait de la peine
à se remettre de sa blessure ; le
chagrin avait si fortement altéré la
santé de M. Atkinson, que tout en
lui annonçait une fin lente, mais cer-

taine. Ma femme descendait plus
rapidement au tombeau, sa constitution naturellement délicate, avait
perdu le peu de force qui lui restait, et succombait sous le tendre
souvenir qu'elle conservait pour un
homme dont le bras avait attaqué
la vie d'un frère bien-aimé. Ma
mère était la seule des trois qui sup-
portât avec quelque espèce de fermeté les affreux malheurs dont j'é-
tais l'unique cause. Ma femme était
allée s'établir avec elle ; mais leur
intimité avec M. Atkinson et son
fils n'avait aucunement diminué.

Je me livrai de nouveau aux mauvais penchans de ma jeunesse, le
jeu, le billard, la mauvaise compagnie et toute sorte d'extravagances furent les ressources auxquelles
j'eus recours pour me délivrer du
ver rongeur qui me dévorait ; je

changeai de nom , et évitant avec
soin la société de ceux qui me connaissaient , je me trouvai assailli de
toutes ces sensations opposées que
ne peut manquer d'éprouver une
âme qui n'est pas entièrement morte
à la vertu, mais qui résiste avec violence à ses impulsions.

En parcourant les différens jour-
naux , je trouvai souvent répété cet
avertissement : « Si la personne qui
» a quitté sa maison et sa famille
» dans le York-Shire , veut venir
» retrouver sa femme , tout s'arran-
» gera à sa satisfaction , etc. » Mais
la honte s'emparait de moi, quand je
me représentais le retour de l'enfant
prodigue , et ce sentiment mettait
un obstacle insurmontable à ma réforme ; je ne me sentais pas la force
de regarder en face ceux que j'a-
vais si grièvement offensés , et je

T 4

n'aurais pu supporter la moindre marque de mépris , sans en tirer la vengeance la plus éclatante. Enfin , ce qui pourra vous paraître étrange, je désirais la mort , mais n'ayant pas le courage de me la donner , je me plongeais dans presque tous les vices qui pouvaient le plus l'accélérer. Quand je dis les vices, je ne parle pas de crimes qui auraient pu faire tort à d'autres, je n'étais ennemi que de moi-même ; le vin et le jeu étaient les armes dont je me servais contre moi , et je ne tardai pas à m'apercevoir que la nature humaine ne peut pas long-tems résister à de pareils excès.

Six années se passèrent ainsi , et je n'avais pas encore vingt-six ans, lorsque ma santé se trouva extrê- mement affaiblie , et toutes mes facultés presque anéanties. Mon

homme d'affaires m'avait déjà répondu qu'il ne lui restait pas un
schelling, et qu'il ne pouvait plus
se mêler de mes intérêts ; je me mis
alors entre les mains des usuriers ;
ces vorages vautours, qui s'achar-
nent sur les cadavres, achevèrent ce
que j'avais si misérablement commencé, et l'abandon de mes amis
compléta ma ruine. L'humiliation
me jeta dans le désespoir ; je me
plongeai avec une espèce de frénésie
dans les désordres les plus honteux.
Me voyant, néanmoins, sans ressource et sans moyen de me procurer
les choses les plus nécessaires, j'eus
recours à un dernier et pénible expédient. Le cœur brisé, j'écrivis à
mes compagnons de débauche. Je
les engageais à profiter de mon fatal
exemple ; et je terminais mes lettres,
en leur assurant que de leurs réponses

dépendaient mon existence future et mon retour dans ma famille. Je leur déclarai même que les obligations que je leur aurais, pouvaient seules accélérer ma réconciliation avec les miens ; car il était incompatible avec mes sentimens de me présenter comme un objet de compassion, et d'être reçu comme tel, par les personnes qui m'étaient les plus proches et devaient m'être les plus chères.

Cette supplique faite pour exciter la sensibilité, ne put tirer de leurs cœurs endurcis une seule étincelle d'humanité. La plus grande partie de mes lettres resta sans réponse ; et celles que je reçus, ne servirent qu'à me faire regreter mon trop de confiance. Détestant les humains, et me détestant plus encore moi-même, je me rendis dans des endroits écartés

où je commençai à solliciter la charité publique. Il me restait encore
quelques vestiges qui annonçaient ce
que j'avais été ; et les refus que j'é-
prouvais fréquemment , étaient ac-
compagnés d'une politesse qui en
adoucissait le désagrément. Tout fut
de mal en pire , et je tombai dans la
dernière classe de la société. Les vêtemens que je portais alors , étaient
assortis à ma situation. Ils annonçaient mon extrême indigence , et
étaient l'emblême de la misère qu'ils
couvraient.

On dit qu'on s'habitue à tout , et
j'éprouvai bien la vérité de cette
maxime. Je me fis à mon état , et
l'exemple et l'habitude me rendirent
dignes d'être regardé comme mendiant de profession.

Quand un homme n'a pas le cœur
encore assez dépravé pour avoir

étouffé tout remords , il conserve
toujours quelque faible reste d'attachement pour sa patrie et pour sa
famille , et ce souvenir lui arrache
souvent des larmes malgré lui. Je
n'étais point endurci au point d'oublier que j'avais une mère et une
épouse , et je voulus savoir ce qu'elles étaient devenues. Je pris la route
du Yorkshire et je voyageais d'une manière conforme à mon humble situation , quand la crainte d'être découvert m'engagea à me joindre à une
troupe de comédiens de campagne ,
qui trouvant en moi une sorte d'ori-
ginalité , ne balancèrent pas à m'admettre parmi eux.

De mendiant , me voilà donc devenu roi, et ma misère pendant le
jour ne m'empêchait pas de déployer
le soir toute la majesté du trône.
Après chaque représentation , nous

partagions les profits qui n'allaient jamais plus haut que quelques sous, et quelquefois , mais rarement , un bout de chandelle pour nous coucher. Voyant cet état de choses, je proposai à mes camarades qui savaient le métier que je faisais , lorsque je les rencontrai , de reprendre ma besace pendant le jour , en leur disant qu'à l'aide d'un emplâtre sur l'œil gauche et d'une jambe de bois , je serais suffisamment déguisé pour n'être pas reconnu. Ils approuvèrent cette idée , et j'exerçai pendant longtems ce double métier qui répondit parfaitement à mes vues.

Je parvins sans beaucoup de difficulté à me procurer des nouvelles de ma famille ; ma femme et son père étaient morts ; le lieutenant , actuellement le capitaine Atkinson était marié et hors d'Angleterre avec son

régiment ; ma mère était allée s'é-
tablir dans le pays de Galles, mais
je ne pus apprendre dans quelle partie. Je me trouvai donc entièrement
isolé sur la surface du globe.

La troupe errante à laquelle j'ap-
partenais fut traitée comme des vagabonds et enfermée dans une maison de correction ; heureusement
pour moi j'étais alors occupé à mon
métier de jour, ce qui me préserva
de la catastrophe générale. Il était
tems néanmoins que je décampasse,
et laissant, comme effet de théâtre,
mon emplâtre et ma jambe de bois,
je me hâtai de regagner la capitale.

Je fixai mon séjour dans le quar-
tier de Saint-Giles, et je fis si bien
mes affaires pendant quelques années, que j'amassai une somme considérable.

La fainéantise était devenue pour

moi une habitude, et quoique j'eusse
alors les moyens de changer de situation, je persistai à continuer le
même genre de vie. Je connaissais
trop bien les hommes pour compter
sur eux, et dans les impostures que
j'employais, je ne voyais qu'une re-
vanche assez douce des injustices
que j'avais souffertes.

Il y a plus de seize ans que j'ai
embrassé la vie de bohémien ; et
mon argent, caché avec soin, n'a
point été découvert jusqu'à présent.
Dans ce sac de cuir, Martha, vous
trouverez de quoi vous dédommager de la scélératesse de votre mari.
Je le lègue à vous et à Alfred. Re-
tournez à Londres ; si je me rétablis,
j'irai vous y joindre. Informez-vous
de moi à l'adresse ci-incluse ; puisse la
providence vous conserver tous deux !

Ainsi finit l'histoire de Gérald ;

Martha en fût vivement affectée. Elle accepta le sac , et ses larmes et ses prières eurent de la peine à obtenir qu'il y prît vingt guinées pour ses besoins à venir. Sa fortune se trouva alors augmentée de deux cents guinées. Cependant elle résolut de continuer le même train de vie , comme le moyen le plus propre qu'elle pût employer pour découvrir l'amiral Sydney ou quelqu'un des siens.

Fin du second volume.

www.ingramcontent.com/pod-product-compliance
Lightning Source LLC
Chambersburg PA
CBHW061448030726
47503CB00005B/1614